Erwin Bernhard

Herr Fröhlich

Kurze Geschichten über Zustände,
Umstände und Missstände

Edition Pauer

Wenn F. nicht fröhlich ist

„Hallo Herr F.!", rief der Nachbar von der anderen Straßenseite herüber. Und als er direkt quer über die Straße auf Herrn F. zukam, sagte er: „Die gefährliche Seuche, der bedrohliche Krieg, die entwerteten Mittel, die steigenden Steuern, die schwächelnden Fabriken, die unklaren Staatsleute, die orientierungslose Ballmannschaft des Landes, mich wundert, dass Sie bei all den Miseren noch so fröhlich sind."

Der Nachbar hat schon recht, dachte sich Herr F., der Beobachtende, als ein von Geburt an zuversichtlicher Mensch seiner Generation, der seine Umgebung wirklichkeitsgetreu und mit klarem, lebensbejahenden Blick nach vorn betrachtet. Herr F. ist wahrlich kein Mann, der täglich seine Sorgen zählt. Doch die Zustände, Umstände und Missstände forderten ihn tatsächlich, inzwischen täglich. Herr F. verdaute das Gesprochene.

Dann verstärkte Herr F. für seinen Nachbarn sein wohlwollendes Lächeln, das stets seinen Mund umspielte, um so für die – ungeachtet des Inhalts – freundliche Ansprache zu danken. Auch Zuversicht war schon immer ein Bestandteil seiner Erbanlagen, und so sollte es auch bleiben.

Doch seine Augen lachten in diesem Moment nicht.

Ein Schmetterling verursacht einen Sturm

Herr F. hörte einmal von der Begebenheit, dass ein Mann, der in einer Fabrik arbeitete, die Kühlschränke herstellte, morgens mit seinen Kollegen auf die Straße ging und streikte, denn die Manager wollten die Fabrik und die Arbeitsplätze der hohen Löhne wegen in ein fernes Land verlagern. Dieser Mann legte an diesem Tag wie alle anderen auch seine Arbeit nieder und streikte, denn er war sehr stolz auf das Geld, das er für seine gute Arbeit bekam. Stolz war dieser Mann, nur nicht sehr weitblickend, so stellte Herr F. fest.

Denn Herr F. hörte außerdem, wie der streikende Mann am nächsten Tag eine neue Waschmaschine kaufte, da die alte kaputt gegangen war, eine Waschmaschine, deren Preis so niedrig war, dass sie nur in einem weit entfernten fremden Land sehr günstig von fremden Menschen hergestellt worden sein konnte.

Am darauf folgenden Tag ging ein anderer Mann mit seinen Kollegen in den Streik. Er arbeitete in der gleichen Stadt in einer anderen Fabrik. In der wurden im Lande des Herrn F. noch Waschmaschinen produziert.

Der Spagatkünstler

Geldwäsche, um die Steuern zu sparen, ist ein hochkrimineller Akt. Das hatte Herr F. auf der Abendveranstaltung in der Stadt gelernt.

Herr F. bewunderte besonders einen Mann, der dort auf offener Bühne gesagt hatte, er stehe in der Verantwortung, dass er Umstände weitermelde, wenn er den Verdacht habe, dass es Geldwäsche sei, denn wenn er das nicht tue, dann stehe er mit einem Bein vor dem höchsten Gericht des Landes.

Das ist eine hohe Verantwortung, dachte sich Herr F. Und dann wunderte er sich.

Denn der Mann sagte auch, dass er nicht alles weiterleiten dürfe, was er zu dem Verdacht wisse, denn viele Einzelheiten enthielten auch persönliche Daten, und schützenswerte Daten dürften nicht weitergeleitet werden, von Gesetzes wegen: Wenn er es doch tue, so stehe er mit einem Bein vor dem höchsten Gericht des Landes.

Herr Fröhlich und das Benehmen

Wenn Herr Fröhlich in einer Sache gefangen ist, dann ist es seine gute Kinderstube. Einen Herrn in der ersten Klasse eines zwischen den großen Städten hin- und herfahrenden Zuges bat Herr Fröhlich, doch bitte seine Füße nicht in Straßenschuhen auf den Sitz gegenüber zu legen, sondern diese herunterzunehmen.

Der angesprochene Herr reagierte sofort:
„Sie müssen ein Berater sein."
„Nein, ich bin kein Berater, und ich bin auch kein Besserwisser. Ich bin ein Wohlerzogener", erwiderte Herr Fröhlich, und zu seinem eigenen Erstaunen blieb er sehr ruhig, denn ein solch falsches Benehmen raubte ihm normalerweise den Verstand und steigerte seine Empörung ins Unermessliche. „Nein, ich bin kein Berater, ich bin ein Wohlerzogener", wiederholte Fröhlich und fügte hinzu: „Doch Sie, werter Herr, scheinen einen sehr guten und dazu auch einen sehr hoch finanziell ausgestatteten Beruf auszuüben, einen Beruf, von dem Sie glauben, Mammon könne alles möglich machen und alles entschuldigen. Sie dünsten den Hochmut des Geldes aus. In diesem Moment, da ich spreche, befinden sich diese schrecklichen Moleküle noch immer in der Luft. Riechen Sie selbst es denn nicht?"

Die Heimat ist einzigartig

Herr Fröhlich erzählte beglückt von seinen Ferien im Nachbarland. Es war so erholsam. Auch dort gab es Automobile. Die waren genau so gut wie die im Land des Herrn Fröhlich. Doch die Menschen am Steuer waren anders. Sie waren unaufgeregter. Die Hupe wurde dort für den Zweck verwendet, für den sie erfunden wurde, nämlich zur Warnung, und keineswegs, um angestauten Frust und Feindseligkeit zu versprühen. Im Land neben dem Land des Herr Fröhlich glitt man dahin und war entspannt: ein neues Erlebnis.

Es war der letzte Tag seiner Ferien, und es ging wieder heim. Herr Fröhlich fuhr im Nachbarland mit moderater Geschwindigkeit in seinem Automobil und strebte zurück nach seinem Zuhause. Er genoss die Bilder der Erlebnisse der letzten Tage vor seinem inneren Auge, das Meer, den Wind, die Reisebekanntschaften und guten Gespräche, den Blick zurück auf das gute Essen, die schöne Musik am Strand bei angenehmen Temperaturen. Die Gedanken des Herrn Fröhlich glitten förmlich durch seinen Geist und er fuhr derweil mit seinem Gefährt fast geräuschlos über die Straßen, ruhig, unbehelligt und in tiefem Frieden mit sich selbst und seinen Erinnerungen als Belohnung für entbehrungsreiche und arbeitsame Tage im letzten Jahr.

Spontan erzitterte sein Automobil, und auch er selbst erzitterte; seine Brille tanzte auf seiner Nase, seine Sicht verschwamm aufgrund des Aufs und des Abs und seine Gedanken tanzten durch das Universum von Hier und Jetzt in eine ungewisse Zukunft.

Die Grenze! Herr Fröhlich konnte es förmlich spüren, dass er wieder daheim war.

Eine Werbebotschaft im Zeitungswesen

„Ich habe es wirklich gesehen. Ich schwöre es."
F. war in höchstem Maß aufgebracht.

„Das kann ich nicht glauben", sagte der andere. F., obwohl er das Thema gerade angeschnitten hatte, konnte es selbst nicht fassen. Doch auf einer Zeitung in den Kästen an der großen Kreuzung in der großen Stadt, wo die führenden großen Magazine und Zeitungen gegen einen Münzeinwurf ihre täglichen Ausgaben an die Vorbeikommenden verkauften, dort stand auf dem Titel eines Blattes: „Verlässlicher Journalismus".

Gedanken machen oder es tun

Viele Menschen machen sich Gedanken. Herr Fröhlich geht an die Sache völlig anders heran: er denkt einfach. Herr Fröhlich denkt nichts Einfaches oder gar Einfältiges. Er spart sich nur einfach das Machen. Er denkt eben einfach. Er tut es sogar täglich und dies mehrmals am Tag, am besten ständig. Und er denkt sogar über das nach, was er so denkt. Er hat dabei eine sehr einfache Einstellung: Wenn man sich erst Gedanken machen muss, dann geht sehr viel Zeit verloren für das Machen. Machen braucht nun einmal sehr viel Energie, die nun ins Machen, doch nicht ins Denken fließt. Denken, die höchste Form des Zugewinns, braucht aber noch viel mehr Energie als das Sich-Gedanken-Machen, und dann braucht es noch mehr Energie, um ins Denken zu kommen. Aber dann ist doch die Energie beim Denken viel besser angewendet und nicht beim Machen.

So ist das halt bei Herrn Fröhlich. Er ist ein einfacher Mensch. Dies jedoch muss kein Nachteil sein.

Herr F. über die verlorene Langsamkeit

Die Menschen hörten das ‚Guten Abend' des Herrn F. nicht, denn sie gingen an ihm vorbei mit einer Verschalung der Ohren, um andere Töne wahrzunehmen. Die Menschen schauten sich nicht mehr an, weil sie in ihre Hände starrten. Sie rasten mit schnellen und klobigen Zweirädern das Trottoir entlang. Sie gönnten sich keine Pause zwischen den Treffen in der Fabrik in ihrem Alltag. Doch wenn sie es taten, dann aßen sie etwas, das für den Moment sättigte, doch ungesund war. Sie verließen sich auch auf die Welt der anderen Seite ohne Menschen. Und sie lasen nur noch Schnipsel, doch keine ganzen Bücher mehr. Das Benehmen verdarb und die sich wertschätzende Lebensart verschwand. Aus dem Fenster der Eisenbahn schaute niemand mehr, während der raschen Fahrt nicht und auch nicht während des Aufenthaltes am Bahnhof.

Langeweile hielten die Menschen nicht mehr aus.

Ob nicht die Menschen einmal untergehen, fragte sich Herr F. Niemand kennt und niemand erinnert sich mehr an Bruder Norberth, dem hochgeschätzten Ordensmann, und seinen Rat: An jedem Tag soll der Mensch einmal innehalten und nur fünf Minuten für sich allein sein: aus dem Fenster schauen; mit geschlossenen Augen ruhen, einfach nur dasitzen und nichts sagen, nur die Natur hören und Dinge sehen, die sonst verborgen oder unbemerkt bleiben.

Nicht alles ist schlecht, denkt sich Herr F., nicht alles ist schlecht, was langsam ist.

Über wahres Theater

Herr Fröhlich traf in einer aufgelockerten Runde bei einem Glas guten Weines einen sehr erfahrenen Mann. Herr Fröhlich kannte diesen Vorzeigebürger seiner Stadt aus anderen Begegnungen. Seiner klaren Worte wegen, auf der Grundlage seiner abwägenden Sicht der vielen verschiedenen Dinge, schätzte Herr Fröhlich diesen Zeitgenossen sehr. So ergab es sich in der Laune des Abends, dass Herr Fröhlich sich an ihn wandte.

„Sie treffen in Ihrer Funktion auf viele Menschen, die sehr verschieden sind, und verschiedene Interessen vertreten. Diese sind quasi an der Oberfläche und für Sie erkennbar und wahrnehmbar. Doch dann sind da die verborgenen Interessen, die auch zur Vielfalt des Verhaltens der Menschen beitragen. Das verkompliziert die Sache. Wie gehen Sie mit dieser hohen Verantwortung für diese große Stadt und ihr Vorankommen um?"

Und der von Herrn Fröhlich nach seiner Äußerung noch um so mehr wertgeschätzte Würden- und Bürden-Träger sagte:

„Ach wissen Sie, da gilt es die Ruhe zu bewahren und Geduld bis dann am Ende der Mittelweg und die Einigung gefunden ist. Alles zusammen ist großes Theater. Andere müssen dafür sogar noch bezahlen."

Zwei Länder

Herr F. zog das Land A vor.

„In dem Land A", sagte er, „darf ich sein; aber in dem Land U, da tue ich das, was andere von mir wollen, und ich bin nicht, sondern ich habe nur. In dem Land A kann ich gestalten; aber in dem Land U bin ich nur nützlich und gehöre zur Masse. Im Land A sieht man in mir einen Gestalter und eigenständigen couragierten Menschen; aber im Land U habe ich zu dienen, und die anderen sehen in mir nur einen Parasiten."

Das Land A heißt Aufstieg. Das Land U heißt Untergang.

Verbotene Zonen

Als F. halb so war alt wie heute, da wurde er Zeuge eines Geschehens. Doch zuvor sei dies erläutert: An die Universität, wo er studierte, in der kleinen Großstadt in dem Land, in dem er geboren war, in dem er aufgewachsen war und seine Ausbildung genossen hatte, kamen auch Studenten ferner Länder.

So stolperte F. unbedarft in das Vorzimmer seines Professors. Er war in der Situation sofort Teil einer kleinen Gruppe und Zuhörer.

Der von weit entfernt herkommende Student hatte einen Stadtplan auf dem Tisch aufgeschlagen: Er zeigte mit großer Geste auf die Grenzen der kleinen Großstadt. Dann fragte der Gast:

„Wo sind die verbotenen Zonen?"

Er fragte dies natürlich in der Weltsprache. Doch so oder so: F. kannte weder den Begriff noch die Bedeutung in seiner Muttersprache. Er hatte noch nie davon gehört. In der Gruppe löste sich das Rätsel schnell auf. Der von weit her in die Stadt des F. zur Ausbildung angereiste junge Mensch wollte sich erkundigen, in welche Bezirke und Straßen der kleinen Großstadt er sich nicht hineintrauen dürfe.

Als alle Anwesenden den Sinn der Frage begriffen hatten, wo die gefährlichen Plätze der Stadt seien, lachten sie. Sie lachten den Gast nicht aus. Sie lachten wegen des Widersinns: Es gab in dem

Land von F. keine Bezirke, keine Viertel und keine Straßen, in die ein Fremder sich nicht hineintrauen durfte.

Heute, F. ist doppelt so alt wie damals. Heute lacht F. nicht mehr – und fühlt sich nun selbst als Zugereister.

Über die Kunst der Entschuldigung

„Sorry, Sorry, sagen alle", beklagte sich Herr Fröhlich bei den regelmäßigen Treffen im Lokal um die Ecke. „Man kann das nicht einfach so sagen", sagte Herr Fröhlich. Wer etwas getan hat, was ihm später leid tut, der kann nicht einfach ‚Sorry' sagen. Woher kommt das Wort überhaupt? Es heißt bei uns Entschuldigung."

Lautloses Stöhnen.

„Wenn ich als Mensch auf diesem Planeten einen Fettnapf erwische, dann kann ich nicht einfach ‚Ich entschuldige mich' rufen, und alles ist vorbei. Ich halte auch nichts davon, wenn der Gedemütigte dann sofort einverstanden ist und etwa sagt ‚Das kann doch jedem mal passieren', ‚Schon gut' oder ‚Dafür brauchen Sie sich nicht zu entschuldigen'."

Fragende Blicke.

„Wer etwas Dummes tut, sollte zuerst die Einsicht erlangen, etwas Dummes getan zu haben. Niemand ist perfekt. Doch keiner kann den verursachten Schaden mit einem einfachen ‚Entschuldigung' wiedergutmachen, sei es ein materieller oder gar ein seelischer. Ich kann niemandem ein Leid zuführen, um dann im nüchternen Zustand ‚Entschuldigung' zu sagen, nur um glauben zu können, alles sei wieder gut."

Gebannte Stille.

„Ich kann nur eines tun: den Geschädigten oder Verletzten um Entschuldigung ‚bitten'. Wenn meine

Reue ehrlich sein soll, dann kann ich den Moment der Unsicherheit aushalten, bis der andere sagt ‚Ich nehme deine Entschuldigung an und danke dir für Deinen Mut, deinen Fehler einzugestehen'."

„Und wenn er es nicht tut, dann habe ich etwas ganz Dummes getan und muss damit leben. Aber mit einem ‚Sorry' alles aus der Welt zu wischen? Bei genauerer Betrachtung würde es ins Unglück führen."

Das Lied vom Unterschied

Herr Fröhlich fand Bücher, die die Unterschiede von Frau und Mann erklären, immer lustig, auch wenn es natürlich Männer gibt, die hinhören und Frauen, die ein Auto einparken können. Doch dann kam die große Illusion. In dieser Zeit stand eine Person urplötzlich im Abseits, wenn sie auch nur andeutete, die Unterschiede zwischen Männern und Frauen für real zu halten.

In der Zeit der großen Illusion passierte Herrn Fröhlich dann dieses. Er liebte Filme, vor allem Western und insbesondere diesen einen Western. Ein Streifen, in dem es vor Männlichkeitswahn nur so strotzte. Die Hauptdarstellerin verliebte sich in den Helden, der lässig und wortkarg und schnell mit dem Revolver den nervenstarken Charakter und Rächer gab. Das passte nicht zu der Wärme, Nähe und Geborgenheit suchenden Schauspielerin und ihrem Charakter im Film.

Als nun Herr Fröhlich, der den Film zum wiederholten Male sah, seine Frau, die den Film noch nicht gesehen hatte, kurz vor Ende der Geschichte vorwarnte, dass nun ein in der Filmwelt ganz berühmter Satz des einzelgängerischen Hauptdarstellers käme, da ereignete sich dieser Trialog.

Herr Fröhlich sagte: „Jetzt ... gleich kommt der Ausspruch", und man merkte ihm seine Vorfreude an.

Dann sagte der Held auf den sehnsüchtigen Satz der Hauptdarstellerin, der Geduld ausdrückte und eine Zeit des Auf-ihn-Wartens signalisierte: „Irgendwer wartet immer".

„Das ist aber nicht nett", meinte Frau Fröhlich.

Wenn es noch eines Beweises für die Geschichtsbücher gebraucht hätte, dass Männer und Frauen verschieden sind, dann war Herr Fröhlich soeben Zeuge geworden.

Die Bedenken überdenken

In der Erreichung des Ziels der Kampagne ging es nur schwerfällig voran. Immer wieder kamen Stimmen auf. Sie bremsten den Fortschritt aus.

Schließlich wiederholte Kollege N. sein Zögern:

„Kollege F., ich habe aber da noch die Bedenken, dass …"

Da fiel im Herr F. ins Wort:

„Kollege N., wir brauchen keine Bedenkenträger, sondern Leistungsträger."

Pünktlich ist eindeutig

Etwas störte Herrn Fröhlich. Sein Land hatte sich gewandelt. Viele Dinge kamen ihm inzwischen fremd vor. Doch was war der Grund hierfür?

Mit seinen Nachbarn und Brüdern beim regelmäßigen Treffen im Lokal an der Ecke diskutierten sie die Veränderungen. Doch auch nach vielen Wochen und Monaten kam die Runde nicht auf den Kern des Problems. Immer wieder drehten die Herren sich im Kreis, die Argumente wechselten sich ab, doch Einigkeit erzielten sie nicht.

Eines Tages berichtete Herr Fröhlich in der regelmäßigen Runde von einem Erlebnis am Bahnhof. In seiner Stadt, einer großen Stadt im Lande, bestieg Herr Fröhlich einen Zug und nahm seinen Platz ein. Der Zug stand bereits am Gleis. Er sollte hier seine Fahrt um 9:24 Uhr beginnen. Doch die Zeit verstrich. Dann setzte sich der Zug in Bewegung. Die Zeiger standen auf 9:29 Uhr. Da sagte die Frau im Sitz vor Herrn Fröhlich zu ihrem Begleiter:

„Oh schau, sogar pünktlich".

In diesem Moment wusste Herr Fröhlich, was der Grund war, warum sich in seinem Land so viel verändert: Die Menschen im Lande hatten keinen Anspruch mehr an sich selbst.

Bronze für den Souverän

Herr Fröhlich schlussfolgerte. Der Tag, an dem er am glücklichsten war, das war seine Hochzeit mit seiner Liebe. Der zweitglücklichste Tag, das war der Tag, an dem er seine höhere Bildung abgeschlossen und danach mit Freunden und Weggefährten den besonderen Anlass gefeiert hatte. Der Tag im Rang danach, die Nummer drei, das war der Erfolg bei der Bewältigung dieser besonderen Aufgabe, die er für die Fabrik, in der er tätig war, mit Bravour geplant und umgesetzt hatte – es gab viel Lob.

Das ist doch sehr gut, dachte sich Herr Fröhlich, der Beobachtende. Bei Wettspielen bekommen die Athleten die goldenen, die silbernen und die bronzenen Medaillen. Dann konnte es doch nicht schlecht sein, wenn er, Herr Fröhlich, in diesem Moment die ersten drei Plätze seines Lebens sofort und mit gutem Gewissen vergeben kann wie bei einem Wettbewerb. Und gleichzeitig bedauerte er die Menschen, die so noch nie auf ihr Leben und Schaffen geschaut hatten.

Ob wohl jeder Staatsmann ehrlich für sich allein vor dem Schlafengehen und vor dem Beten für sich beantworten kann, wie, wann und wo er denn dem Souverän besonders erfolgreich gedient hat? Selbst wenn man das private Glück und die Urkunde für eine anerkannte Ausbildung abzieht, sollte doch eine Medaille aus Bronze für den dritten Platz dabei herauskommen. Doch Fröhlich war sich da nicht so sicher.

Es wäre eine Untersuchung im ‚Hohen Haus' wert.

Schwarze Schwäne kommen daher

Einmal kommt der Tag, wo ich eine Sache das letzte Mal tue, dachte sich Herr Fröhlich.

Ich gehe das letzte Mal diese Straße zum Omnibus auf dem Weg zur Arbeit, weil ich aus der Stadt wegziehe oder in einer anderen Fabrik arbeiten werde. Ich lache heute zum letzten Mal über einen Witz, den ich bisher liebte, doch weil ich mich weiterentwickle, lache ich morgen nicht mehr darüber. Ich kaufe ein Brot beim Bäcker, doch da ich erfahre, dass es ungesunde Zutaten enthält, kaufe ich es fortan nicht mehr. Ich treffe meinen besten Freund, wir scherzen, wir erinnern uns, wir lachen, doch dann ist es das letzte Mal, weil mein Freund ganz unerwartet geht. Und ich küsse meine Liebe das letzte Mal an keinem besonderen Tag.

Herr Fröhlich, der Beobachtende, hält inne. Es ist das Vermögen des Einzelnen, sich des möglichen Wandels bewusst zu werden und eins zu werden mit dem Leben und dem Besonderen im Alltäglichen.

Es könnte auch eine letzte warme Dusche am Morgen nach dem Aufstehen sein, eine Fahrt in den sonnigen Urlaub, eine Zigarre, weil ich sie genieße, einen Absinth, den meine Großmutter schon mochte, oder eine vergnügliche Fahrt im Riesenrad.

Es könnte immer – in allem – ein letztes Mal sein, dachte Herr Fröhlich, weil ich sterblich bin. Es könnte auch ein letztes Mal in all diesen Beispielen und anderen Dingen sein, weil ich es nicht mehr tun darf und es verboten wird.

Herr Fröhlich sann nach.

Ich kann mir sehr viel Mühe geben bewusster zu leben und lernen jeden Moment zu schätzen, auch das Alltägliche, sagte er zu sich selbst: „Doch meine Fantasie ist unvollkommen. Jeden Winkel meines Daseins kann ich nicht in jedem Moment überblicken. Ein schwarzer Schwan, das seltene Ereignis seines Auftauchens unter all den weißen Schwänen, kann jederzeit auftreten, nur weil jemand anderer mächtiger ist als ich selbst.".

Herr Fröhlich und die Höflichkeit

Eines Tages stand Herr Fröhlich an der Tür zum Fahrstuhl. Er war gerade aus der Untergrundbahn ausgestiegen und wollte über drei Stockwerke zurück an das Tageslicht. Er war zuerst angekommen und hatte den elektrischen Knopf gedrückt, der das senkrechte Gefährt für die nächste Fahrt zurück in den Keller ruft. Eine Familie mit Kleinkind und Kinderwagen stellte sich hinter Herrn Fröhlich an.

Der Fahrstuhl kam, und in diesem Moment drängte sich ein junger bulliger Mann zur linken Seite heran, eine Frau gleichen Alters im Schlepptau. Er stand plötzlich dichter als alle anderen an der Fahrstuhltür und pumpte sich auf, so dass die Herunterkommenden Probleme hatten auszusteigen.

Sie schafften es dennoch, und Herr Fröhlich, der Beobachtende, der oft auch ein Handelnder war, passte den Moment genau ab, fuhr im rechten Augenblick seinen linken Arm aus, um Größe herzustellen, und machte linken Fußes einen flinken Schritt in den Fahrstuhl.

Mit einem erbosten „Was soll das?" schaffte sich der Aufgepumpte Gehör, wich aber notgedrungen zurück, und Herr Fröhlich erwiderte energisch:

„Wer zuerst an den Fahrstuhl kommt, der geht natürlich auch zuerst rein!"

Herr Fröhlich hatte kurz zuvor noch überlegt, die Familie vorzulassen, bevor die Walze herandampfte.

Genervt wandte sich der Zurechtgewiesene laut fragend an seine Frau, so dass es auch Herr Fröhlich als gemeinter Adressat hören musste:

„Seit wann gibt es Regeln beim Fahrstuhl?"

„Höflichkeit braucht keine Regeln", schloss Herr Fröhlich die Episode ab.

Dann wurde es still.

Herr Fröhlich und das Morgen

Wenn morgen die Welt untergehen würde und Herr Fröhlich davon wüsste, dann – da war sich Herr Fröhlich ganz sicher – würde er heute noch ein Apfelbäumchen pflanzen.

„Und wenn morgen die Demokratie untergehen würde, Herr Fröhlich?"

„Dann würde ich eine Holzkiste mit Äpfeln kaufen und im Park, dort an der Ecke, wo viele Menschen die Wege kreuzen, jeden Apfel einem anderen Menschen schenken, und die leere Kiste würde ich genau dort an dieser Ecke umdrehen und mich darauf stellen. Und dann würde ich meine Meinung sagen, auch wenn ich allein mit dieser Meinung bin und auch wenn es die letzte andere Meinung auf der Welt ist, bevor sie untergeht."

Das schwarze und das goldene Zeitalter

Beim letzten Mal sah Herr F. gar nicht gut aus. Er sagte: „Ich sehe schwarz. Es geht nicht vorwärts. Die Menschen im Land sind entzweit. Wir werden noch viel Rot sehen, viel Blut wird fließen. Die Menschen schätzen sich nicht mehr wert in ihren vielfältigen Ansichten der Dinge. Das wird ein langer und steiniger Weg mit viel Leid, bis wir endlich in einer goldenen Zeit ankommen werden." Da sagte der Nachbar zu Herrn F.: „Ihre Worte betrüben mich, da ich es ganz anders sehe. Wir sind bereits im goldenen Zeitalter, und dies wird nicht enden, es ist ein endgültiger Zustand. Ich sehe nur Rot, weil die Menschen sich streiten und nicht der politischen Meinung und der Meinung der Sachkundigen folgen. Der vielstimmige Missklang ist das, was uns noch Blutvergießen bescheren könnte. Wenn das so kommt, ja dann, dann sehe ich schwarz."

Herr F. überlegte.

„Nun, da könnten Sie auch recht haben, Herr Nachbar", sagte Herr F. schließlich. „Alles hat immer zwei Seiten wie eine Münze. Es könnte so sein, wie Sie sagen. Es wäre ein Schwenk um einhundertachtzig Grad über den Horizont hinweg im Vergleich zu meiner Sicht auf die Dinge."

Dann wendete sich Herr F. mit einem stummen Nicken ab. Nach wenigen Schritten drehte er sich noch einmal um: „Vielleicht haben Sie wirklich recht. Doch ich weiß nicht, was ich lieber hätte."

Mehr Achtsamkeit mit F.s Methode

Fröhlich alterte in eine andere Zeit hinein: die Herausforderung einer jeden Generation. Er hütete sich jedoch davor „Früher war alles besser" auch nur zu denken. Dennoch: Einige Dinge waren unerträglich für Menschen, die sich nicht nur eigennützig um sich selbst kümmern, sondern sich – so wie Fröhlich – auch um andere bemühen.

Dazu zählte er das der Welt entrückte Starren in die eigene Hand, um dort irgendwelche Informationen zu erfahren, derweil diese Menschen im Wege stehen. Schlimmer ist es noch, wenn die Entrückten dabei nicht nur stehen, sondern sogar – völlig losgelöst von einer irdischen Verknüpfung – selbst auch noch gehen und gar durch das hochkonzentrierte Starren in die eigene Hand ihren Schritt so verlangsamen und es auf diese Weise sogar schaffen, ansonsten breite Wege zu verengen und zu verstopfen, etwa auf einer Treppe. Eine Treppe ist eine durchaus gefährliche menschliche Erfindung, wenn sie anders genutzt wird als nur dazu, eine Höhendifferenz zu überwinden.

Fröhlich hatte sich von Jung und Alt so manches anhören müssen: Was es denn ihn kümmere und angehe, wenn er die Leute so beim vornübergebeugten entrückten Starren ansprach. Sein Hinweis, die Leute dahinter würden in der Menschenmenge aufgestaut, und vielleicht käme jemand dabei ins Stolpern und zum Sturz, und mit Pech verunglückte eine Person, ohne dass der vorne starrende Verursacher davon je erführe, wurde – dies sah man ihren Gesichtsausdrucken an – nicht verstanden und die geschilderte, nicht unwahrscheinliche Tragik schon gar nicht auf sich selbst als möglichen Verursacher bezogen.

Das war enttäuschend. Schließlich wechselte Fröhlich seine Methode des Belehrens und ging es mit Humor an.

Die beim Starren langsamer werdenden Mitmenschen holte er geschwind mit großen Schritten ein. Er passte hierauf sein Tempo dem Langsameren an, lugte dem Schleichenden über die Schulter und sagte:

„Na! Gibt es etwas Neues?"

Die Leute stutzten, starrten Fröhlich an, wendeten sich ab, sagten verdutzt nur „Nein", oder fingen sogar zu lachen an.

Einer hatte sich beim Lachen, es war letzte Woche am großen Bahnhof der Stadt, gar nicht mehr beruhigen können. Er lachte und lachte, lachte lauthals und zog die Luft durch den Mund ein. Da er neben dem Gehen und dem Starren auch noch ein Schnitzelbrot kaute, verschluckte er sich augenblicklich, fiel nieder und trotz der Bemühungen umstehender Passanten verschied er noch am Orte durch Ersticken. Er hatte sich sprichwörtlich totgelacht.

Fröhlich tat der Mann etwas leid, schien er ihm doch durch sein ehrliches Lachen für einen kurzen

Moment einen Hauch von Einsicht und Erkenntnis gesendet zu haben. Ungeachtet dieser augenblicklichen Empfindung wollte Fröhlich seine neue Methode von nun an häufiger anwenden – einer wechselseitig achtsameren Welt zuliebe.

Außergewöhnliches im Lande des F.

Eines Tages geschah im Leben und im Lande des F. etwas sehr Bemerkenswertes. Es sei hier erzählt:

F. trug vor, nachdem er sich der Aufmerksamkeit seiner lieben Menschen beim regelmäßigen Treffen im Lokal an der Ecke gewiss war. Er hatte die Worte aus dem Lautsprecher an der Zentralstation der Eisenbahn mitgeschrieben. Der Lautsprecher sagte:

„Reisende können mit diesen Zugverbindungen ihre Fahrt fortsetzen: Auf Bahnsteig Numero drei fährt um 12 Uhr der Zug nach A, heute jedoch zehn Minuten später. Auf Bahnsteig Numero sechs fährt um 12 Uhr und 10 der Zug nach B. Dieser Zug ist heute um 20 Minuten verspätet. Auf Bahnsteig Numero neun fährt um 12 Uhr und 20 der Zug nach C, verspätet um 30 Minuten. Und auf Bahnsteig Numero zwölf fährt um 12 Uhr 30 der Zug nach D."

F. teilte seine Erkenntnis freimütig. Er hatte das Merkwürdige beim letzten Zug sofort bemerkt.

Rollendes Essen

Als Herr Fröhlich jung war, da war es so: Essen auf Rädern war eine Dienstleistung für Bedürftige, bei dem vorbereitete Mahlzeiten an Menschen geliefert wurden, die nicht in der Lage waren, selbst zu kochen oder ihre eigenen Mahlzeiten zuzubereiten. Die gelieferten Mahlzeiten waren ausgewogen, abwechslungsreich und nahrhaft, um den besonderen Bedürfnissen und Vorlieben der Empfänger gerecht zu werden. Essen auf Rädern bot so eine bequeme Lösung für Menschen, die Schwierigkeiten hatten, das Haus zu verlassen und selbst zu kochen, um sich gesund zu ernähren und ihrem Alter entsprechend fit zu halten. Am anderen Tag nahmen die Lieferanten das Kochgeschirr wieder mit, reinigten es für den nächsten Tag und brachten am Tage darauf neues Essen im gereinigten Geschirr. Die gesunden und schlanken Senioren waren sehr dankbar für das Essen, das auf vier Rädern daherkam, und sie waren der Gesellschaft verbunden, die so etwas ermöglichte.

Herr Fröhlich ist nun alt, und jetzt ist es so: Essen auf Rädern ist eine Dienstleistung für Bedürftige, bei dem vorbereitete Mahlzeiten an Menschen geliefert werden, die nicht in der Lage sind, selbst zu kochen oder ihre eigenen Mahlzeiten zuzubereiten. Die gelieferten Mahlzeiten sind unausgewogen, eintönig und belasten den Körper. Doch auch sie werden den besonderen Bedürfnissen und

Vorlieben der Empfänger gerecht. Essen auf Rädern bietet so eine bequeme Lösung für Menschen, die Schwierigkeiten haben, weil sie das Haus nicht verlassen wollen und nicht kochen können, um sich ungesund zu ernähren und vor lauter Trägheit zu verfetten. Nicht selten landen die Kochgeschirre aus Pappe und Synthetik ungereinigt im Müll, jeder Chance enthoben, noch einmal verwendet zu werden ... oder noch schlimmer: Sie landen auf der Straße fern von jedem Abfalleimer. Am nächsten Tag wird neues Essen in einem fabrikneuen Geschirr aus Pappe und Plastik gebracht. Die fetten Junioren sind sehr dankbar für das Essen, dass auf zwei Rädern daherkommt, doch sie achten sich selbst nicht und sind undankbar gegenüber der Gesellschaft, denn alle müssen die Folgen ihrer Fettleibigkeit und die Kosten der Entsorgung ihres Mülls mit bezahlen.

Wenn im Himmel Jahrmarkt ist

Alle beim regelmäßigen Treffen in dem Lokal um die Ecke, der kleinen Kneipe, waren in Fahrt. Jeder wusste etwas beizutragen.

„Es gibt doch Menschen, die glauben, man liefert nur Waffen und sei keine Partei dieses Krieges."

„Ja, und andere denken, weil die Entwertung so hoch angestiegen ist, man könne eine noch höhere Erhöhung der Löhne erzwingen, ohne zu wissen, dass andere Länder den Wettbewerb so für sich entscheiden werden", sagte ein Fabrikant. Ein dritter lachte grimmig in die Runde:

„Und manch einer denkt, dass man mit Mitteln alles kaufen kann, und übersieht, dass es nicht nur der Besten bedarf, sondern auch der Direktor einen Geist in allen entfachen muss. Einen guten Geist kann man aber nicht kaufen."

„Es fängt immer im Kopf an", äußerte Fröhlich. „Mein Vater sagte immer: ‚Im Himmel gibt es keinen Jahrmarkt'. Und sein Vater, mein Großvater, wenn er denn zugegen war, setzte das hier obenauf: ‚Manche Menschen, wenn Sie hören, dass im Himmel Jahrmarkt ist, holen sich eine lange Leiter und klettern hinauf'."

„Ja, ja", sagte der Oide Sepp in der Runde, „und langa Leidern san heit ganz schee in Mode kemma."

Auf Ursache und Wirkung achten

Ein unachtsamer Mann kam Herrn Fröhlich entgegen. Anstatt aufrecht zu gehen und zu schauen, blickte dieser in seine Hand, ohne auch nur zu prüfen, wohin er seine Schritte lenkte, nämlich direkt auf Herrn Fröhlich zu.

Herr Fröhlich führte gerade seinen Hund aus. Um mit dem unachtsamen Mann nicht zusammenzustoßen, wich Herr Fröhlich weit nach rechts aus, viel weiter, als er hätte ausweichen müssen, wenn der andere doch nur geschaut hätte. Herr Fröhlich konnte sich an das, was nun geschah, nicht mehr genau erinnern, ob er seinem Hunde mit seinem Körper ein missverständliches, anderslautendes Signal gegeben hatte. Jedenfalls wich sein Hund in die entgegengesetzte Richtung nach links aus. Die Leine zwischen Herrn Fröhlich und seinem Hund spannte sich und der auf seine Hand Blickende stolperte.

In der Sekunde ergossen sich aus dem Munde des Anderen übelste Beschimpfungen über Herrn Fröhlich: dass Herr Fröhlich ein Volltrottel sei, nicht auf seine Töle aufpassen könne und dass die Welt besser dran wäre, wenn Herr Fröhlich und sein Köter gar nicht erst geboren worden wären.

Passanten blieben wegen der Lautstärke stehen. Sie hörten alles ganz genau und staunten voller Anerkennung, als Herr Fröhlich duldsam und ruhig nur erwiderte: „Sie haben angefangen."

Fröhlich ist ein schlechter Mensch

Dann und wann blickte Herr Fröhlich auf sein immer noch kurzes Leben zurück. Doch die Rückblicke nahmen zu und wurden länger für einen wie ihn mit nur noch einem Drittel auf der Lebensuhr.

Fröhlich, ach Fröhlich, was ist aus dir geworden! In der Schule, da konntest du dich noch nicht wehren, Du warst noch jung auf diesem Himmelskörper, und deine Lehrer schrieben dir für deine Taten Zahlen auf ein Blatt Papier und bezeugten so deinen Willen, etwas zu tun, und die Zahlen legten Zeugnis davon ab, ob du besser oder ob du schlechter gewesen bist als deine Schulkameraden. Das kam einfach so über dich, du musstest dich erst noch finden. Doch später mit den Jahren hättest du dich wehren können. Spätestens an der Akademie hättest du dir doch sagen können, knapp im obersten Drittel zu sein, das hätte doch genügt. Du hättest taktieren können, denn selbst in der Mitte oder etwas darunter hättest du deine Urkunde erhalten. Was für eine Zeitverschwendung! Die Badeanstalt und die Feier mit Freunden wären doch sehr gute Alternativen gewesen für die überflüssigen Stunden voller Blicke in noch vollere Bücher.

Fröhlich, ach Fröhlich, bei den jährlichen schulischen Sportveranstaltungen hast du alles gegeben. Einen ersten Platz hast du nie erreicht, doch du hast gelernt, dass andere auch etwas können. Hat es dich gestärkt? Ich glaube wohl. Du bist auch auf die Toilette der Männer gegangen, obwohl du dich schämtest, am Pissoir zu stehen mit den Blicken deiner nächsten Nachbarn auf deine Männlichkeit. Und, Fröhlich, ach Fröhlich, du hast kugelige Naschereien – und das nicht zu knapp – mit unschuldigen Streuseln aus Schokolade an der Oberfläche und teuflischem Rum im Inneren verschlungen, weil es so gut schmeckte und auch, weil es viele Jahre vor der Mündigkeit etwas Unerlaubtes war, was die Erwachsenen zwar wussten, aber doch auch billigten. Du kanntest Schaumküsse noch nicht und hast sie doch in Mengen mit deinen Freunden gegessen, und du hast mit dem Peter dunkler Hautfarbe Karten gespielt und es ihm aus Freundschaft mit einem verbrannten Korken gleichgetan und dein Gesicht geschwärzt, und, Fröhlich, du hast, mit Myrtenbeeren gewürzte flache, wabbelige, rosarote Scheiben mit Freude und mit einem Grinsen im Gesicht gegessen, als die freundliche Verkäuferin dir diese mit einer Greifzange geschmeidig von oben herab herüberreichte, nur weil deine Mutter dort beim Metzger einkaufte.

Oh Fröhlich, oh Fröhlich, was für ein Mensch ist aus dir geworden! Du hast nur Schlechtes getan und bist nie ein Vorbild gewesen. Spare dir dein letztes Drittel: es wird Zeit, dass du gehst.

Es wird etwas geschehen

Wenn Herr Fröhlich, der Beobachtende, sich in seiner Freizeit gern als Philosoph betätigte, so kam dies oft spontan, doch von ganzem Herzen. Oft reichte es, die Menschen in seiner Umwelt wahrzunehmen.

Die zwei jüngeren Damen saßen sich gegenüber und neben Herrn Fröhlich im Abteil für vier Personen. Jung, doch nicht so jung, denn ihre Lebenserfahrung klang an, durch die Gespräche über die Arbeit und über die Kinder. Dann fing die Jüngere der Damen an zu sprechen, und die Ältere hörte zu.

„Wenn man das alles so betrachtet, dann geht es natürlich nicht, dass wir weiter so leben, wie wir bisher lebten. Selbstverständlich muss sich etwas ändern. Es wird immer wärmer. Die Wälder sterben, die Böden trocknen aus, das Grundwasser fällt ab. In den Städten kann man kaum mehr atmen." Die ältere der jüngeren Damen summte zustimmend und nickte dazu.

„Nein" fuhr die Jüngere fort, „es muss sich etwas ändern. Wir können nicht mehr einfach das essen, was wir essen wollen, und es so machen, wie wir es viele Jahre oder gar Jahrhunderte gewohnt waren und von unseren Vorfahren gelernt haben. Es muss sich etwas ändern, denn so geht es nicht weiter, wir müssen anders leben, uns einschränken, uns anders fortbewegen, nicht alles wollen wollen, und wir müssen auf die anderen, die es noch nicht verstanden haben, einwirken."

Die ältere der jüngeren Damen nickte wieder. Dann versprang das Gespräch in andere Themen. Schließlich fragte die Ältere die Jüngere:

„Wohin fährst du in Urlaub?"

„Oh", freute sich die Jüngere über diese Wendung, denn sie hatte etwas zu erzählen. „Schon bald, im Juni, mache ich mit meinem Freund eine große Reise, wir wollen die wunderbaren Seychellen-Inseln besuchen. Und im September geht es mit meiner Mutter nach Mallorca, sie verträgt das Klima dort dann am besten. Anfang Dezember in der Vorweihnachtszeit besuche ich dann mit meinem Neffen London, damit mein Patenkind sein Englisch verbessern kann."

Manchmal muss man etwas ändern wollen und auch Zivilcourage zeigen, und so wurde der Beobachtende und Hinhörende heute der sich Einmischende. Fröhlich sagte: „Dann genießen Sie Ihre Urlaube bitte recht gut."

„Danke" sagte die Jüngere der jüngeren Damen „doch warum wünschen Sie mir das?"

„Das scheint mir eindeutig zu sein. Ich will es aber erklären. Sie sagten, dass sich etwas ändern muss, dass wir nicht so weitermachen können, weil es wärmer und unwirtlicher wird auf unserem Planeten. Ich stimme mit Ihnen überein: Es muss sich etwas ändern, und deshalb gehe ich – klug überlegend – davon aus, dass wir auch lernen werden, uns anders zu erholen, zu bilden und zu reisen. Wenn Ihre Voraussicht stimmt, dann werden dies Ihre letzten Ferien sein sowohl im Ausmaß als auch in der Güte. Und deshalb wünschte ich Ihnen, dass Sie bei allen Freuden, die Sie mit Ihrem Freund, Ihrer Mutter und Ihrem Neffen teilen, sich gewahr werden, dass es nicht so weitergehen darf. Es muss etwas geschehen, da bin ich ganz bei Ihnen."

Herr Fröhlich machte die wortführende jüngere der jüngeren Damen wie auch die auf alles nickende ältere der jüngeren Damen sprachlos. In diesem Moment hielt der Zug. Herr Fröhlich ließ die Damen verstört zurück, und er selbst bemühte sich mit seiner ebenfalls verstörenden und zugleich bereichernden Erfahrung zurechtzukommen, denn diese doppelmoralischen Mitmenschen waren ihm ein Dorn im Auge.

Sorge und Fürsorge im Zug

„Du, junger Menschenbürger! Das hier ist keine Kinder-Zone. Hier arbeiten die Erwachsenen, um Geld zu verdienen, damit du in den Kindergarten gehen kannst und später in die Schule. Damit etwas Anständiges aus dir werden kann. Wenn du nicht gleich ruhig bist, werfe ich dich aus dem Zug. Und wenn dein Vater dich jetzt nicht züchtigt, dann werfe ich ihn gleich hinterher."

Herr Fröhlich schreckte hoch, als der Zug hielt. Manchmal hatte er schon absonderliche Träume. Fröhlich war allein im Abteil.

In der Parabel gefangen

Herr Fröhlich denkt immer an die Parabel. Warum denkt Herr Fröhlich immer an die Parabel? Immer denkt Herr Fröhlich an die Parabel, wenn er beim Thema der Umtriebigkeit von Fabrikanten auf sein Land schaut. Einst war es ein großes Land mit Pionieren, die etwas gewagt hatten, die getüftelt haben, die etwas probiert haben. Sehr viele haben verloren, doch einige haben auch gewonnen. Vor allem haben alle Menschen gewonnen. Alle Menschen im Lande und schließlich auch die Menschen anderer Länder. Es ging ihnen besser, und eine Zeit später, da ging es ihnen noch besser, denn es gab in jeder Generation Pioniere, die tüftelten.

Doch wenn Herr Fröhlich heute sein Land betrachtet, dann hat er wie auf den Druck eines Knopfes die Parabel im Kopf. Auf der einen Seite ein großer, in die Höhe ragender Ast. Auf der anderen Seite gegenüber ein ebenso in die Höhe ragender Ast. Und dazwischen eine Mulde nahe dem Nichts.

Der unternehmende Mensch im Land von Herrn Fröhlich hat auf der einen, der positiven Seite, viele Menschen gegen sich, die ihm den Erfolg seines Tuns nicht gönnen. Die Zeiten des Unternehmers waren oft viele Jahre lang entbehrungsreich, arbeitsam und häufig auch mit vielen Risiken verbunden, geringen kleinen, doch auch das eigene Dasein infrage stellenden, großen Risiken. Doch am Ende missgönnen die Menschen ihm den verdienten Erfolg. Sie sehen den Weg nicht und neiden das Geschaffene, das Einkommen, den Wohlstand und den persönlichen Reichtum.

Der unternehmende Mensch im Land des Herrn Fröhlich hat auf der anderen, der negativen Seite, auch wieder viele gegen sich, denn die Menschen lachen und sagen ‚Der musste ja scheitern, wieso ausgerechnet der, der war doch in der Schule schon schlecht, es musste so weit mit ihm kommen'.

Die Zahl derer in der Mitte, die wohlwollend den Erfolg anerkennen und wertschätzend den Gescheiterten trösten und wieder aufmuntern, und vor allem ermuntern, seine Erfahrungen nun noch besser einzusetzen, diese Zeitgenossen sterben in dem Land des Herrn Fröhlich aus.

Wer will schon, so der Philosoph Fröhlich, in seinem Land etwas schaffen, wenn er am Ende nur in der Zwickmühle steckt, auf die eine oder andere Weise der Gefangene seiner werten Mitmenschen zu sein?

Mensch und Wanze

„Alles Gescheite ist schon gedacht worden, man muss nur versuchen, es noch einmal zu denken." F. liebte die weisen Worte seiner Vorfahren wie diese von einem Staatsminister und Geheimrat seines Landes, der vor vielen Jahren lebte. Ihm gefiel als erstes die gehaltvolle Aussage mit einer überraschenden Wendung, vor allem doch liebte er es, die darin steckende Weisheit zu entdecken und anzuwenden!

In der Schule hatte F. ein Buch gelesen, ein gesellschaftskritisches Theaterstück. Es ging um einen einfachen Schuster, der nach seiner verbüßten Strafe nach einer einfachen und gar nicht ungeheuerlichen Tat wieder nur arbeiten wollte. Jedoch hatte er keinen amtlichen Ausweis, so dass er keine Arbeit bekam, und einen amtlichen Ausweis konnte er nur bekommen, wenn er Arbeit hätte. Ein Teufelskreis! Von Zeit zu Zeit kommt ihm ein Satz dieses verzweifelten Schusters in den Sinn, als dieser gegenüber seinem aus unerklärlichen Gründen nicht beförderten Schwager – der aber gesagt hatte, es sei schon in Ordnung gewesen im Sinne der Ordnung – im Streite schließlich verzweifelt klagt: „Sehr richtig, eine Wanze lebt. Und weißt du, warum die lebt? Erst kommt die Wanze, Friedrich, und dann die Wanzenordnung – erst der Mensch, Friedrich, und dann die Menschenordnung!"

Die Worte stimmten F. immer sehr nachdenklich, und er fragte sich, warum in einer immer mehr ineinandergreifenden und vernetzten Welt immer mehr Gesetze geschaffen werden. Immer wieder, fast täglich, werden neue Gesetze gemacht. Die Menschen werden jeden Tag aufs Neue nur noch durch die Menschenordnung beschäftigt, um zu dienen. Immer mehr Gesetze entstehen und mehren ihre Gesamtheit, auch weil noch nicht einmal ganz alte oder inzwischen ihres Zweckes enthobene Gesetze außer Kraft gesetzt werden.

Und dann fiel F. noch einmal zu seinem Trost der einstige Staatsminister und Geheimrat ein, der gesagt hatte: „Wenn man alle Gesetze studieren sollte, so hätte man gar keine Zeit, sie zu übertreten."

Wir haben einfach zu viele davon, schloss F. Wir sollten endlich anfangen, in der wahren Bedeutung des Wortes Gesetze zu verabschieden.

Rote Mäntel und weiße Bärte

Herr Fröhlich ist nicht mehr jung. Eine große Tragweite hat dies im Allgemeinen nicht. Doch im Besonderen kommt für jeden Menschen in seinem kurzen irdischen Leben irgendwann der Punkt, dass er Dinge aus eigener Erfahrung und eigenem Erleben heraus anders sieht. Jede Generation hat ihre eigenen Ansichten. Der Zeitgeist ruft dann ‚altmodisch'. Die Kleidung entspricht nicht der Erwartung der Jüngeren, Technik wird nicht mehr verstanden oder angewendet, die Offenheit für Neues fehlt. Die ältere Generation versteht Zusammenhänge in Gesellschaft und im Staatswesen nicht mehr und verhält sich scheinbar taktlos, und andere empfinden die Missgeschicke als peinlich.

Nun war es kurz vor Weihnachten. Altmodisch wie Herr Fröhlich in den Augen Jüngerer ist, pflegt er zum Fest der Feste Weihnachtskarten zu versenden, einen persönlichen handgeschriebenen Gruß mit ansprechendem Motiv und einer schönen und zu dem Anlass passenden Briefmarke.

Herr Fröhlich ging zum nahegelegenen Postamt. Er stand an. Als Fröhlich schließlich an der Reihe war und seinen Wunsch äußerte, da fragte ihn die junge Frau hinter dem Schalter:

„Darf es ein weihnachtliches Motiv sein?"

Fröhlich antworte spontan:

„Aber ja! Bitte geben Sie mir eine verschneite Tanne, lachende Kinderaugen vor einem schön verpackten Geschenk oder einen Weihnachtsmann. Ein Osterhase käme jetzt schlecht."

Herr Fröhlich lachte und steckte mit seinem Lachen auch einige Umstehende an, die es gehört hatten.

Viele Jahre später erst wurde Herrn Fröhlich klar: die junge Dame ging wohl davon aus, dass Herr Fröhlich seine Karten auch an andersgläubige Personen versenden wollte, die andere Feste feiern, nur nicht dieses.

Was soll's, dachte sich Herr Fröhlich nach seinem späten Heureka-Erlebnis. In meinem Land ist meine Kultur, und Weihnachten ist für mich Weihnachten, und da gibt es eben Weihnachtsmänner, gestandene Männer mit weißen Bärten und roten Mänteln, die zur fröhlichen Besinnlichkeit einladen.

Fröhlich tut heimlich etwas

Fröhlich hatte seit seinem letzten Geburtstag – so sein Gelübde – ein ganzes Jahr auf dem höchsten Niveau der Selbstfürsorge und des Selbstmitgefühls gelebt. Herr Fröhlich hatte ein ganzes Jahr lang kein Fleisch gegessen. Er hatte keinen Alkohol getrunken und keine Schokolade oder sonstige Naschereien zu sich genommen. Ein Jahr lang fuhr er kein Auto. Er wanderte im Urlaub geradewegs von der Haustür hinaus in die Welt. Auch hatte er der Musik und der Literatur entsagt und weder eine Schallplatte noch ein Buch gekauft. Und wenn er einkaufen gegangen war, weil er etwas brauchte, dann ging er mehrfach von seiner Wohnung zum Laden mit nur ein paar Dingen in seinen Händen hin und her, denn er hatte kein Gerät zum Tragen, weder eine Tasche aus dem einen noch aus dem anderen oder aus dem dritten Material, und er besaß auch keinen Korb.

Als das Jahr vorbei war, ging Fröhlich an seinem Geburtstag um Mitternacht, als es vollends dunkel war, auf einen großen freien Platz im großen Park. Es war so finster, dass Fröhlich nichts sah, sondern nur über seinen Tastsinn sein Tun prüfte: Er stellte einige Dinge auf, nacheinander und mit größter Sorgfalt. Dann nahm er ein Streichholz und zündete das Gebilde an. Schon nach wenigen Augenblicken genoss er das tausendfältige und bunte Leuchtfeuer am nächtlichen Himmel, die Muster und Explosionen und las phantasiereich aus den bizarren Linien am Himmel die Worte: „Es ist verboten zu verbieten".

Die Unverhältnismäßigkeit der Anklage

Herr F., der Beobachtende, ist gut im Wahrnehmen von Informationen, im Deuten von Informationen und im Einschätzen von Informationen im Zusammenhang. Er erfuhr nur über drei oder mehr Ecken von diesem Geschehnis:

Eine Frau war geschieden, doch sie war mit dem Recht betraut, verantwortungsvoll für die beiden Kinder zu sorgen. Sie gab sich bei kleinem Einkommen die beste Mühe ihren Kindern bei allen persönlichen und gesellschaftlichen Pflichten auch die schönen Seiten des Lebens zu ermöglichen. So fuhr sie einmal im Jahr mit den beiden Heranwachsenden in den Urlaub. Sie erwähnte in ihrem Kreis bei Freunden nur so nebenbei, dass sie plane, mit ihrer Tochter und ihrem Sohn in den Süden des warmen Nachbarlandes zu fahren. Sie erwähnte auch am Rande – quasi in einem unbedeutenden Nebensatz, eher als Ausmalung der Schilderung, vielleicht um möglichst lange die Aufmerksamkeit der Anwesenden zu behalten – dass sie für diese Reise in den Süden ein Auto mieten würde.

Schon war es im Augenblick um die gute Stimmung im Raum und an diesem Abend geschehen. Die Empörung war nicht, dass die Frau kein Auto hatte. Die Empörung war, dass sie einmal im Jahr ein Auto lieh, auch weil sie ihren nicht leichten Alltag der Umwelt und des eigenen Geldbeutels zuliebe stets mit dem Fahrrad bestritt. Für den Rest des Abends hagelte es auf die nun noch mehr geschwächte Frau herab, man habe in keiner Sekunde des Lebens ein Auto zu fahren.

Das irritierte den Beobachtenden doch sehr.

Der Edle gibt Münzen

Sehr viele Menschen kümmern sich um das Wohl ihrer Mitmenschen, sogar weit sichtbar für andere. Immer mehr Menschen folgten der Masche. Es ist so: Im Lande des Herrn F. wird auf eine Flasche mit einem Getränk ein Pfand erhoben und man bekommt sein obendrauf gezahltes Geld – ein paar kleine Münzen – wieder, wenn man die entleerte Flasche zu dem Ort des Einkaufes zurückbringt. So werden Rohstoffe und Energie eingespart, denn eine wieder zu verwendende Flasche braucht nur gereinigt und nicht neu produziert werden. Ein guter Gedanke.

Viele Kümmerer sparten sich ihren Weg zurück zum Ort des Einkaufes. Sie stellten ihre leeren Flaschen öffentlich ab. Die Münzen können sich so die Ärmeren holen. Das nennt sich Wohlfahrt. Es gib ein gutes Gefühl.

Doch der Gedanke ist nicht gut. Auch nach vielen Tagen des länger darüber Denkens und Grübelns verstand Herr F. dieses Verhalten nicht. Wenn die selbsternannten Wohltäter ihren unappetitlichen Müll von anderen Menschen wegräumen lassen, dann sollten sie diesen ihnen unbekannten Menschen doch wenigstens gut für ihren Dienst bezahlen. Dafür waren die kleinen Münzen des Pfandes aber doch viel zu gering. Es wäre doch nur gerecht, so Herr F., wenn die scheinbaren Wohltäter ihren Müllmännern noch eine große Münze danebenlegen würden.

Da dieses Vorgehen völlig abwegig wäre – denn es würden diese großen Münzen von allen anderen, nicht nur den Armen, aufgepickt werden – ist und bleibt dies der edelste Weg: Wer wertschätzend helfen will, gibt seine Flaschen selbst ab und spendet das Erhaltene den Armen. Münzen stinken nicht.

Ein närrischer Gezeitenwechsel

Eine Sage behauptet, das Meer war ganz früher einfach nur das Meer. Jeder Wassertropfen im Meer fühlte sich wohl und als Teil des Meeres. Dann kamen kauzige und sonderbare Gesellen. Ihre Anwesenheit veränderte alles und sie änderten alles: das Land, die Kultur, das Miteinander. Das Meer begann sich unwohl zu fühlen, und es wich zurück. Von Zeit zu Zeit kam das Meer aber wieder, um nachzuschauen, ob die kauzigen und sonderbaren Gesellen noch da waren. Zwischen den jeweiligen Besuchen des Meeres lagen immer zwölf Stunden. Auf diese Weise sind Ebbe und Flut entstanden, so die Sage. Die vielen verschiedenen Wassertropfen finden sich stets neu zusammen, mit dem gemeinsamen Interesse, das Meer zu sein. Die Gezeiten leben.

Herr Fröhlich sagt, das Land, in dem er lebt, war früher einfach nur das Land. Jeder Mensch in diesem Land fühlte sich wohl und sah sich als Teil des Landes. Dann wuchsen in dem Land närrische und sonderbare Geschöpfe heran. Ihre Anwesenheit veränderte alles und sie änderten alles: das Land, die Kultur, das Miteinander. Viele Menschen in dem Land begannen sich unwohl zu fühlen und gingen fort. Von Zeit zu Zeit kamen die Menschen aber wieder, um nachzuschauen, ob die närrischen und sonderbaren Geschöpfe noch da waren. Zwischen den jeweiligen Besuchen der Menschen lagen immer zwölf Monate. So, sagt Herr Fröhlich, sind die Gezeiten der Menschen entstanden; doch dann starb dieser Zyklus aus, weil die Menschen mit dem Interesse an Fortschritt und Miteinander in dem Land des Herrn Fröhlich ausstarben.

Nur die Närrischen und Sonderbaren waren noch da und mehrten sich. Ob sie wohl schließlich auch ausgestorben sind?

Die dunkle Seite der Gründlichkeit

Disziplin. Zielstrebigkeit. Pflichtbewusstsein. Tapferkeit. Ehrgeiz. Ehrlichkeit. Pünktlichkeit. Sparsamkeit. Ordnung. Disziplin. Fleiß. Treue. Gemeinschaftssinn. Aufrichtigkeit. Bescheidenheit. Höflichkeit. Toleranz. Beharrlichkeit. Zuverlässigkeit. Standhaftigkeit. Verantwortungsbewusstsein. Gründlichkeit. Der Kanon der Tugenden seines Volkes ist wohl einer Würdigung wert, denkt sich Herr Fröhlich. Einhundertprozentig. Nur bei Gründlichkeit ist Herr Fröhlich nicht sicher.

Als die Übernation entschied, dass alle Länder ein neues Gesetz beschließen sollen, ein Gesetz, um die Menschen und ihren privaten Bereich zu schützen, da passierte folgendes. Das Land Z, in dem die Zuversicht vorherrschte, schickte den Vertrag der Übernation schon tags darauf unterschrieben zurück. Es erkannte so das Dokument und das damit verbundene zielführende Vorgehen im Augenblick des Entstehens an. Doch das Land A, in dem Herr Fröhlich lebte und in dem die Angst vorherrschte, verpasste die Frist – wohl absichtlich – und schickte den Vertrag erst nach vielen Wochen zurück, nicht unterschrieben, doch dafür mit Änderungsvorschlägen und Hinweisen, wie man den Vertrag der Übernation verbessern und den Bürger und seinen privaten Bereich noch besser schützen und so aber auch besser kontrollieren könne. Gründlichkeit, so dachte sich Herr Fröhlich, ist nur dann eine Tugend, wenn sie sehr ausgewogen daherkommt und andere nicht bevormundet oder gar dominiert.

Im Land der Schlaraffen

Viele junge Menschen im eigenen Land wollten ein gutes wirtschaftliches Auskommen, doch nur, wenn die eigenen Regeln beachtet würden. Viele Neue im Lande wollten Mittel, doch sie bemühten sich nicht, die Sprache zu lernen. Viele andere Menschen wollten etwas vom Staate, doch sie fragten nur nach ihren Rechten. Von ihren Pflichten wollten sie nichts hören oder wissen.

Und Herr Fröhlich dachte: Wie lange soll das noch gut gehen? Gebratene Tauben können nicht fliegen, und sie landen deswegen auch nicht von allein in offenen Mündern.

Es ist verboten, zu verbieten

Wenn junge Erdenbürger sehr jung und ganz klein sind, dann schnappen sie viel mehr auf, als sich erwachsene Erdenbürger überhaupt vorstellen können. Jede Einzelheit, jedes Detail.

Herr F. war hier keine Ausnahme: Einst in einer Sendung für Kinder, die über den Flimmerkasten lief, nahm F. auf: „Es ist verboten, zu verbieten."

Viele Jahre später fragte F. sich: gilt dies auch für die vielen Schilder im Lande, zum Beispiel denen in seiner großen Stadt. Sie stehen eingangs der Fußgängerzone und auf ihnen steht in großen Lettern geschrieben: „Nach zehn Uhr am Abend ist das Tragen von Waffen in der Innenstadt nicht erlaubt".

Herr Fröhlich erläutert ein Naturgesetz

Herr Fröhlich gibt ein Beispiel von der Wirkung eines wichtigen Naturgesetzes. Der Beobachtende kam am Bahnhof in Mittelstadt an, die mit ihrer Einwohnerzahl noch weit davon entfernt war, eine unübersichtliche Großstadt zu sein. Er bestieg eine moderne Droschke und sagte: „Guten Morgen, ich möchte zur Firma Schmidt & Brüder."

„Die Firma kenne ich nicht. Ich kenne nur die großen Firmen."

„Oh, dann wundert mich dies", staunte Herr Fröhlich, „denn es ist in der Tat eine große Weltfirma, die hier in Mittelstadt ihren Sitz hat. Sie ist in der Eichenallee."

„Die Straße kenne ich nicht", sagte der Mann und nahm ein Gerät in die Hand, um den Straßennamen zu suchen.

„Das ist die größte Straße im einzigen Gewerbegebiet hier. Mussten Sie denn gar keine Prüfung machen, um sich als Chauffeur zu qualifizieren?"

„Nein. Ich bin von den jungen Leuten, die müssen das nicht wissen. Die Alten, die mussten eine Prüfung machen. Doch wir haben hier dieses Gerät, das weiß alles." Stolz hielt er es hoch. Doch Herr Fröhlich wusste schon, was es war: eine Ausrede.

„Und was ist", so der Beobachter, „wenn das Gerät ausfällt?"

Nach einer kurzen Fahrt durch die überschaubar große Mittelstadt, die noch weit davon entfernt war, eine Großstadt mit einer sechsstelligen Zahl an Einwohnern zu sein, bei der Ankunft bei Schmidt & Brüder verkniff sich der Beobachtende eine Bemerkung. Obwohl das Gerät vor der richtigen Hausnummer nicht „Stopp" sagte, hielt der Fahrer am richtigen Eingang, und zwar dank der Hilfe von Herrn Fröhlich.

Fröhlich bezahlte und bat um einen Beleg. Der junge Mann stieg aus und ging zum Kofferraum. Seine Irritation schüttelte Herr Fröhlich ab. Er erfuhr, dass die Belege im Kofferraum waren. Der junge Mann fragte nach dem Datum und moserte, weil es seine erste Fahrt war und er noch kein Kleingeld hatte, um auf den durchaus zum Preis passenden Schein herausgeben zu können. Herr Fröhlich kramte aus seiner Reserve in seinem Gepäck die Münzen noch passend zusammen. Er hatte sich zuvor nicht getraut zu fragen, ob er auch elektronisch bezahlen könne. Außerdem wollte er jetzt nur noch raus, an die frische Luft.

Als Herr Fröhlich bemerkte: „Auf der Quittung steht gar nicht das Trinkgeld mit drauf", erhielt er einen Vortrag darüber, warum das nicht gehe. Das Dankeschön hatte Herr Fröhlich dabei wohl überhört. Sein „Servus" war dafür eindeutig. Ein „Auf Wiedersehen" wäre schon jetzt nur geheuchelt.

„Wollen Sie mir denn nicht helfen, mein Gepäck aus dem Kofferraum zu heben? Nur dafür habe ich doch in Vorausschau das Trinkgeld gegeben." Widerwillig stieg der junge Mann aus und half Herrn

Fröhlich ungelenk.

Der Beobachtende sagte dann, völlig in sich geerdet:

„Lieber junger Mann, ich habe so etwas noch nie erlebt. Sie haben mir ein unglaubliches Erlebnis beschert, und ich möchte Ihnen einen Rat geben: Suchen Sie sich eine andere Tätigkeit. Sie tun weder Ihren Fahrgästen noch sich selbst einen Gefallen. Sie müssen sich zu sehr quälen. Ich rate Ihnen, suchen Sie sich eine andere Anstellung."

Herr Fröhlich war schon die wenigen Stufen weiter hinauf, als der junge Mann bis zur ersten Stufe hinterherlief:

„Ja, haben Sie denn eine bessere Arbeit für mich? Wenn ich richtig bezahlt werde, bin ich auch richtig gut."

„Junger Mann", gab sich der Beobachtende noch einmal Mühe: „Sie haben mich nicht begrüßt. Sie sind nicht schnell ausgestiegen und haben nur mit Widerwillen mein Gepäck in den Wagen gehoben und mir damit geholfen. Ihr Wagen ist ungewaschen, im Inneren riecht es nicht gut. Sie kennen sich nicht aus und wollen dies auch nicht lernen. Sie verlassen sich nicht auf sich selbst, sondern auf eine Maschine. Wie im Kleinen so im Großen. Wenn Sie die kleinen Dinge richtig machen, dann sind Sie für größere Aufgaben befähigt. Und wenn Sie die kleinen Dinge gut und richtig machen, dann machen Sie auch die großen Dinge bald gut und richtig, und dann werden Sie auch besser bezahlt."

Herr Fröhlich war sich sicher: Der junge Mann hatte nichts, rein gar nichts verstanden. Doch Naturgesetze auszutricksen ist noch nie einem Menschen gelungen.

Alle wollen etwas sein, doch niemand will etwas werden.

Herr F. über ungebührliches Hamstern

Herr F. war auswärts. Wenn die Leute in einem Hotel frühstücken, so wie die Herrschaften dort drüben, dachte sich Herr F., dann ist es eine Beobachtung wert. Wenn es doch zu jeder Zeit, in der die erste Mahlzeit des Tages eingenommen wird, in einem Hotel über mehrere Stunden bis fast in die Zeit des Mittags hinein alles zu essen gibt, was das Herz begehrt, und die Ober und die Kellner immer wieder nachlegen, als ob es kein Ende geben würde, wieso nehmen sich die Leute dann einen Korb, packen dort Brot und Brötchen in einer Fülle hinein, die sie nicht an diesem Morgen bewältigen können, nur um dreißig Minuten später einen Tisch zu verlassen mit einem Korb, in dem immer noch ein Teil der gehorteten Teigwaren zu finden sind? Viele wollen den Planeten und seine Atmosphäre retten. Doch diese Gäste nicht. Die Kellner sind verpflichtet, das Berührte wegzuwerfen.

Brot ist noch harmlos. Herr F. hatte schon anderes Hamsterverhalten gesehen. Er mag altmodisch sein, dieser Herr F., doch das, was man sich in einem Hotel selbst auf den Teller legt, das isst man auch. Und wenn man es nicht essen will, dann nimmt man es sich nicht. Und wenn man es sich nicht nimmt, dann braucht der Koch weniger einzukaufen und herzurichten. Und wenn das Hotel weniger einkaufen muss, dann muss auch weniger produziert werden. Und wenn man es doch produziert, dann bleibt es für diejenigen, die keinen Brotkorb haben.

Ein Staatsmann muss reden können

In der Welt des Herrn Fröhlich gibt es drei Gruppen von Staatsmännern.

„Ein Staatsmann, egal, wie er sich als Mensch definiert, sollte reden können", sagt Herr Fröhlich voller Überzeugung. „Doch es wäre schlimm, wenn er nur des Klanges seiner Stimme willen reden würde und seine Wörter gerade so zusammensucht und hörbar weitergäbe wie eine tumbe Maschine, die selbst nichts gelernt und selbst keine persönlichen Erfahrungen gemacht hat. Ein solcher Staatsmann ist ein schlechter Staatsmann, und er ist schlecht für das Land. Es ist für das Fortkommen des Landes wichtig, diese Scharlatane schon bald zu erkennen und aus dem Amt zu jagen.

Ein weiterer Staatsmann, egal, wie er sich biologisch definiert, sollte reden können, und zwar so, dass der im Mittel gebildete Bürger des Landes versteht, dass der Staatsmann ein im Mittel gebildeter Staatsmann ist, der nicht nur spricht, sondern aus der Sicht seiner ihm zuteil gewordenen Ausbildung auch das Geschehene deutet und erklärt. Ein solcher Staatsmann ist ein mittlerer und mittelmäßiger Staatsmann. Er richtet für sein Land keinen Schaden an, doch er tut auch nicht mehr. Es ist für das Fortkommen des Landes wichtig, von diesen Menschen nur eine begrenzte Zahl zu dulden und ihnen nach einer kurzen Zeit das Amt wieder zu entziehen.

Ein noch weiterer Staatsmann, egal, wie er sich

in der Welt wahrnimmt und wie andere über ihn sprechen, sollte reden können, und zwar so, dass die nicht sehr gebildeten Bürger des Landes verstehen, was der Staatsmann spricht, und dass er nicht nur spricht und nicht nur auf dem Fundament seiner grundsätzlichen Bildung das Vergangene deutet und erklärt, sondern dass er auf dem Unterbau seiner vielfältigen im Leben gewonnenen Erfahrungen unter Berücksichtigung unterschiedlicher Meinungen seine verschiedenen Blickwinkel aus erlebnisreichen Jahren auf die neue Sache nutzt, um Möglichkeiten für die Zukunft anzubieten, um aus diesen Perspektiven gemeinsam mit allen Bürgern des Landes einen Willen zu formulieren, der einem gemeinsamen Ziel aller dient. Er sorgt dafür, dass alle Bürger des Landes das Ziel verstehen und dann willens sind, diesem Ziel entgegenzustreben.

Ein solcher Staatsmann, der über den Dingen steht, seine persönlichen Neigungen und Interessen unterordnet, um für alle und mit allen zusammen Größeres anzustreben, das den Menschen in dem Lande, dem er dient, nützt, ein solcher Staatsmann ist ein guter Staatsmann."

Herr Fröhlich würde seine Thesen zu jeder Zeit und an jedem Ort gegenüber den aus dem Amt zu jagenden Staatsmännern und gegenüber den für eine Zeit zu duldenden Staatsmännern vertreten. Die Staatsmänner der dritten Gruppe und die Bürger des Landes bräuchten keine Erläuterungen. Sie verstünden sofort.

Ein kluger Mann verschwindet

Als die Neuen zu Tausenden an den Grenzen des Landes von Herrn F. standen, da sagten die Schlauen: „Lasst uns die negative Lage in eine positive Gelegenheit umwandeln. Unser Land braucht neue Menschen. Das Schicksal hat sie uns gebracht."

Doch auch nach vielen Jahren waren die Erfolge bescheiden: Nur die Menschen, die bereits in den fremden Ländern als Facharbeiter gearbeitet hatten, standen auch im Lande des Herrn F. in Lohn und Brot – man hatte sie also dem fremden Land nur weggenommen, denn dort waren sie schon anerkannte Fachkundige. Einige weitere nahmen die angebotene Ausbildung an und verschmolzen im Land des Herrn F. mit den Gewohnheiten hier. Die meisten wollten aber nur geduldet werden: selbst in einfachen Berufen und Tätigkeiten waren sie nicht zu platzieren. Einem Gast eine Bestellung zu bringen, in Läden Regale mit Waren zu füllen, den Park zu pflegen, den Müll wegzuräumen oder Botengänge zu übernehmen … das waren alles keine Tätigkeiten, die hoch im Kurs standen. Die Branchen klagten. Doch Facharbeiter wurden die Menschen der großen Masse derer, die an den Grenzen des Landes von Herrn F. standen, nicht.

„Das könne auch nicht so sein", rief ein Mann, den Herr F. schon vor vielen Jahren wegen seiner Klugheit bewunderte. Er sagte: „Die Facharbeiter müssen aus den eigenen Reihen gezogen und weitergebildet werden. Menschen, die sich mit den Gepflogenheiten des Landes auskennen, die Sprache sprechen und die nächste Stufe ihrer persönlichen Entwicklung erreichen wollen: Sie kennen das Land, sie leben seit Geburt oder seit vielen Jahren in den hiesigen Gemeinschaften, sie kennen das Miteinander, und es ist viel einfacher so den nächsten Schritt zu machen als bei nahezu null anzufangen und emporzusteigen."

Manch einer, so Herr F., horchte auf, als der Mann fortfuhr: „Die Menschen, die zu uns kommen, kennen unser Land nicht, sie müssen die Sprache lernen und sich in die Gemeinschaft einbringen und ihre Werte lernen. Sie können Facharbeiter werden; doch sie müssen erst einmal die nächste Stufe erklimmen. Sie müssen lernen, wie es hier funktioniert und ihre ersten Schritte mit einer einfachen Tätigkeit gehen. Wer sich dann bewährt und mehr aus seinem Leben machen möchte, der kann die nächste Stufe erklimmen, und so weiter, und so weiter. Die aufzubringende Energie von der Ebene Null nach ganz oben zu springen, die ist zu groß, und der Weg zu lang. Das Land braucht heute mehr Facharbeiter und nicht erst morgen, oder übermorgen. So müssen wir zuerst unsere eigenen Leute weiterbilden und dann die Neuen, wenn sie erste Erfolge nachweisen können."

Herr F. sah den klugen Mann auf dem Bildschirm in einer Gesprächsrunde, in der er seine Überzeugung trefflich formulierte. Es war die erste und auch die letzte Gesprächsrunde, an der der kluge Mann, den Herr F. schon vor vielen Jahren als klugen Mann erlebt und kennengelernt hatte, teilnahm.

„Ein Problem kann niemals auf der Grundlage mangelnder Analyse und Einsicht behoben werden", sagte der kluge Mann. Danach wurde der kluge Mann in keine Gesprächsrunde mehr eingeladen. Und auch sonst hat ihn niemand mehr gesehen.

Als die Arzneikunde erkrankte

Es war Heiligabend. Am Fest der Feste grüßt jeder jeden gern, wenn man sich sieht. Ab der späten Mittagszeit, wenn die Geschäfte schließen und auch der Mann, der die letzten Weihnachtsbäume verkauft, zusammenpackt und einige Zweige noch schnell für ein paar Münzen ihren Besitzer wechseln, dann kehrt Stille ein, draußen wie drinnen. Dann muss sich schon etwas Außergewöhnliches ereignen, um noch die Besinnlichkeit beim Nachbarn zu stören.

Herr F. war glücklich. In seinem Zimmer ertönte Weihnachtsmusik. Der Tag begann zu dämmern. Es klingelte. Herr F. öffnete seine Wohnungstür. Es war der junge Mann aus dem dritten Stock:

„Haben Sie ein Schmerzmittel für mich? Ich habe furchtbare Schmerzen, doch in den Apotheken ringsumher gibt es nichts."

Herr F. nickte verständnisvoll.

Herr F. nickte heute am Heiligen Abend bereits zum dritten Mal verständnisvoll. Am Vormittag brauchte die Nachbarin von gegenüber einen Hustensaft für ihr kleines Kind, und der junge Held über ihm hatte sich verbrannt und bat um eine Zinksalbe, denn weder der Hustensaft für den Kleinen noch eine lindernde Brandsalbe war mehr im Viertel und in der ganzen Stadt zu haben.

Die Arzneimittel waren in dem wohlhabenden Land, in dem Herr F. lebte, knapp geworden. Die

Staatsmänner sagten, die Menschen mögen doch bitte Märkte in der Nachbarschaft einrichten, auf denen sie wichtige, sogar lebenswichtige Arzneien als Tabletten, Tropfen, Salben oder Tinktur tauschen können. Und man möge, so die Regierung, das wichtige Datum der Haltbarkeit einfach nicht beachten, denn die Arzneien seien besonders knapp. Es kämen keine Lieferungen aus den fernen Ländern mehr.

Auf einmal ist in dem wohlhabenden Land des Herrn F. nicht mehr alles zu haben, was die Menschen gesund werden lässt, selbst die einfachsten Arzneien, denn vor einigen Jahren hatte die Obrigkeit entschieden, dass man die Arzneien nicht mehr bezahlen könne, wenn sie im eigenen Lande produziert würden. Das Land des Herrn F. rühmte sich einst, die Apotheke der Welt zu sein.

Herr F. raunte sich trotzig ein „Na dann, Fröhliche Weihnachten" zu, nur um im selben Augenblick über Sinn und Unsinn nachzudenken: Warum haben die Mächtigen in den letzten Jahren so hohe Entschädigungen aus dem durch die arbeitsamen Bürger gespeisten Säckel bekommen – und Teile davon auch noch steuerfrei? Die „Entschädigungen" der gewählten Kaste der Staatsleute sind doch laut grundlegender Beschreibung der unumstößlichen Regeln des Landes von Herrn F. daran gebunden, Schaden von den Bürgern abzuwenden und sich mit ganzer Kraft dem Wohle ihres Volkes zu widmen ... dem Wohle ihres Volkes, wiederholte sich selbst der ungläubige Herr F., und doch nicht dessen Unwohlsein, Weh und Pein. Und wieso erhalten die Staatsleute diese Diäten genannten Entschädigungen für ihre Verfehlungen? Die Entschädigungen stünden doch den nun noch krankeren Menschen im Land wohl eher zu?

Was ist gute Staatsgewalt?

Herrn F., dem Beobachtenden, wurde seinerzeit bei einem der regelmäßigen Treffen in seinem Viertel einmal folgende Frage gestellt: „Und, wertgeschätzter Herr F., was denken Sie? Hatten wir die letzten Jahre eine gute Staatsgewalt?"

Herr F. wusste bis zu diesem Augenblick noch nicht, dass er, der Beobachtende, als Schwergewicht in der Runde galt, doch er sagte unwillkürlich, freiwillig und direkt:

„Nun, lieber Freund, das kann ich nicht wirklich bewerten, denn ich bin nur ein einfacher Mann, doch sua sponte möchte ich dies aufzählen: Die Altersarmut steigt; die Wohlhabenden setzen ihr Eigentum immer weniger für die Allgemeinheit ein, einkömmliche Löhne für alle sind in weiter Ferne, das außenwirtschaftliche Gleichgewicht wankt, die Abhängigkeiten von anderen Staaten werden nicht eingedämmt, die Minderung der Aussendung von schädlichen Stoffen ist nicht im Visier, es herrscht eine hausgemachte Entwertung, und sie steigt weiter, die Grundausstattung des Landes bröckelt, besonders die Brücken und die Straßen, auch in den Schulen fällt nicht mehr nur der Groschen in den Köpfen der Kinder, sondern auch der Putz von den Wänden, das Land ist seinem Rang in der Welt nicht ausreichend mit Energie versorgt, die Bürokratie nimmt zu, die nachfolgende Generation verspürt aufgrund des großen familiären Wohlstands nicht mehr den Drang zu arbeiten, das System für den Ruhestand wankt; die Gewalttätigkeit auf den Straßen wächst, das Unternehmertum wird zu wenig gewürdigt, junge Menschen werden kaum ermutigt selbst aktiv zu werden, die Städte vermüllen ..."

„Lieber Herr F.", sagte der Freund, „lieber Herr F., welch ein Schwall der Worte und der Anschuldigungen, ich möchte Sie unterbrechen, ich hatte nur eine einfache Frage gestellt ...". Herr F. stoppte sein Gerede und endete:

„Danke, ich bringe es auf den Punkt, denn dieses Land schafft nichts. Die Trägheit strahlt ab und weitet sich aus. Welche Note für die Qualität der Staatsgewalt soll ich nun vergeben?"

Als Herr F. nun doch verstummt war, schauten sich die anderen an. Herr F. konnte manchmal richtig giftig sein. Alle waren überrascht. Doch lag er nur falsch?

Herr F. fehlt der Schulterblick

Für uns Menschen ist es wichtig, ein Ziel anzustreben. Ein Ziel liegt in der Zukunft. Der Fahrer eines Autos darf nicht nur nach vorne schauen. Er schaut auch in den Rückspiegel, um das zu erfassen, was hinter ihm geschieht, denn auch diese Einzelheiten bestimmen den weiteren Weg. Doch auch auf den Spiegel darf er sich nicht vollends verlassen. Das wäre töricht. Denn nicht alles ist im Spiegel hinterrücks zu sehen. Der erfahrene Lenker schaut auch über die Schulter. So erhält er ein nahezu vollständiges Bild, und es winkt am Ende die Belohnung: das sichere Erreichen des Zieles.

Dieses Sinnbild mag helfen, die Gegenwart besser zu verstehen.

Das Land altert sehr. Im Alter werden die Knochen müde, und die Gelenkigkeit lässt nach. Es fällt schwer, den Kopf nach hinten zu wenden. Doch es liegt nicht nur an den Alten, wenn die Ziele nicht erreicht werden. Vielen Menschen im Lande, ob alt, ob jung, verlieren die Fähigkeit zum Schulterblick.

Herr F. philosophiert dann und wann vor sich hin, auch wenn ihm niemand zuhört. Er bezeichnet das als Selbstbetrachtung, als seinen ganz persönlichen Schulterblick.

Eine Meinung ist ein Sonderling

„Warum glauben Sie denn immer Recht zu haben?", wurde Herr F. gefragt. Herr F. antwortete:

„Ich glaube nicht immer im Recht zu sein. Ich habe nur viel Mühe, das Recht auf eine zweite Meinung hochzuhalten, und so falle ich unangenehm auf. Im Grunde halte ich den anderen, die eine Meinung so energisch vertreten, als ob es nur diese gäbe und andere Auffassungen gründlich auszuschließen seien, nur einen Spiegel vor. Das Recht ist mir lieb, doch ans Herz gewachsen ist mir auch die Wahrheit. Eine einzige Meinung allein kann ihr nicht nahekommen. Der Weltenraum hat weder nur eine Meinung vorgesehen noch dass es zum Wohle einer Gemeinschaft nur eine Meinung geben soll."

Ein Billett bepreist eine Fahrt

Ganz so zivilisiert benahm sich ein Mann, auf den Fröhlich in der Untergrundbahn traf, nicht. Er aß mit seinen zwei kleinen Kindern frittiertes Huhn. Waren die Knochen abgenagt, warf er sie auf den Boden des Waggons.

Als Fröhlich den Mann darauf aufmerksam machte, dass man das so nicht machen dürfe, hätte der Mann ihm doch dankbar sein können für einen gutgemeinten Hinweis. Er war von weit her in das Land gekommen, denn sonst hätte er die Regel ja schon von Geburt an gewusst. Statt eines Dankes aber fauchte dieser Mann Fröhlich unwirsch an, scharrte das Unappetitliche unwillig mit den Füßen auf einen Haufen und beschimpfte Fröhlich, dass dieser ihn nur maßregeln würde, weil er, der Mann und seine zwei Kinder eine andere Hautfarbe hätten.

Fröhlich war verdutzt.

Er findet es einfach eklig, in Essensreste zu tappen. Das gilt nicht nur für alle Untergrundbahnen, sondern auch für andere öffentliche Orte dieser Stadt und alle Städte des Planeten. Im eigenen Heim mag der Mann tun und lassen, was er will, seinen Teppich verdrecken und die Keime zum Wohle seiner Kinder verbreiten. Wer kann es dem Mann in seinem Heim schon verbieten. Doch hier in der Öffentlichkeit?

Auf die gelassene Erwiderung von Fröhlich, dass dies, nämlich die Sache mit der Hautfarbe, keineswegs so sei, erntete Fröhlich ein Schimpfwort, ein negatives Wort mit Bezug zur unrühmlichen Geschichte seiner Vorfahren. Knapp ein Dutzend Menschen in der Nähe hatten alles gehört, doch Fröhlich erfuhr keine Unterstützung. Im Gegenteil: Er möge doch jetzt Ruhe geben, der Kinder wegen.

Verdutzt trat Fröhlich an der nächsten Station durch die Tür auf den Bahnsteig. Fröhlich hatte den Mann neutral angesprochen und schon gar nicht seine Hautfarbe erwähnt oder gar mit einem negativen Wort umschrieben, doch er selbst erntete etwas Negatives. Und Fröhlich wunderte sich, dass seine Landsleute auf einmal so anders waren.

Die vierte Strophe könnte fehlen

Es könnte nun nach mehr als einhundert Jahren schon noch einmal eng werden mit der Hymne meines Landes, denkt sich Herr Fröhlich. Das Lied hat zwar nichts Kriegerisches wie manche Hymnen anderer Länder: Doch die erste Strophe darf man nicht singen, weil sie missverstanden werden kann und der Text das Land des Herrn Fröhlich über alle anderen Länder stellen würde, obwohl der Dichter nur die Einheit des Landes über seine vielen Kleinstaaten beim Reimen im Sinn hatte, um Verbundenheit zu bekunden und zu bestärken.

Doch was soll's.

Die zweite Strophe ist nun auch keinesfalls kämpferisch und allenfalls einseitig, denn es geht um Frauen, Treue, Wein und Gesang; man könnte sich mit Stolz dieser Wörter rühmen, da doch viele Hymnen der Nationen nicht so Schönes beinhalten, sondern auch Schlacht, Schwert, Blut und Sterben darin vorkommen. Nun vielleicht dachte sich Herr Fröhlich, dass die zweite Strophe, die beschwingt gesungen seinem Namen alle Ehre machen würde, im Allgemeinen bei formellen Anlässen nicht so passen könnte.

Doch was soll's.

Die dritte Strophe macht das Rennen seit vielen Jahren. Es geht um die Einigkeit, und um das Recht, und um die Freiheit. Es geht um das Herz und die Hand für die Gefühle und für das Handeln und dem daraus resultierenden Weg ins Glück. Mit den Wörtern ‚Vaterland' und ‚brüderlich' steht die dritte Strophe allerdings beinahe am Abgrund. Herr Fröhlich sorgt sich, denn er sieht Anzeichen: was ist, wenn nun auch noch die Einigkeit im Lande zerfiele, die Rechtsordnung kippte und sich die Freiheit in Wohlgefallen auflöste?

Eine vierte Strophe gibt es nicht. Welchen Text und welchen Klang hätte wohl eine fällig werdende neue Hymne im Lande?

Doch was soll's.

Man kann nicht nur am Tische sitzen

Zwischen Herrn Münchhausen und Herrn Fröhlich entwickelte sich, als beide auf die Verwaltung zu sprechen kamen, folgendes Gespräch.

„Ich habe neulich gehört", setzte Herr Fröhlich an, „dass das Wort Beamter aus dem Griechischen stammt und *Parasit* bedeutet, ein Wesen also, das aus dem Zusammenleben mit anderen Wesen einseitig einen Nutzen zieht."

„Das ist sicher nicht richtig, Herr Fröhlich", sagte Herr Münchhausen. „Ich habe noch an der Schule Griechisch gelernt. Das Wort *Parasit* stammt ohne Zweifel aus dem Griechischen, doch Beamter bedeutet es keineswegs. Das Wort *Parasit* leitet sich vom griechischen Wort *parásitos* ab. Das Wort heißt wörtlich übersetzt *bei Tische sitzend* oder auch *Tischgenosse*. Im antiken Griechenland wurden Menschen, die von anderen an deren Tisch eingeladen wurden, aber im Gegenzug nichts beitrugen als *parásitos* bezeichnet."

„Aber dann stimmt es ja, werter Münchhausen", frohlockte Herr Fröhlich, „Beamte sitzen auf Kosten anderer, nämlich uns, den Zahlern ihrer Aufwandsentschädigungen und Pensionen am gedeckten Tisch, und viele leisten tatsächlich nichts, was man mit Schaffensdrang in Einklang bringen könnte, sondern sie halten durch ihre Trägheit das Vorankommen und die Weiterentwicklung unseres Landes mit vielen drangsalierenden Vorschriften und beißendem Ausmalen des bereits Geschriebenen auf. Staatsparasiten profitieren von den fleißigen Zahlern der Steuern. Es sind ihre zahlenden Wirte, die sie fortwährend peinigen."

Münchhausen staunte sprachlos.

Und Fröhlich schloss: „Wenn die am Tische Sitzenden und nicht Zahlenden Überhand nehmen, dann sterben die Wirte aus."

Über die Deutung von Zeichen

Die vier Wörter „Dem Volke dieses Landes" sind aus der Zeit gefallen, denkt sich Herr Fröhlich, wenn er darauf achtet, was gesagt wird, wenn er die Ansichten in seiner Umgebung hört oder liest, was in den Zeitungen geschrieben steht – diese vier Wörter sind aus der Zeit gefallen, das liest man und das hört man bei allen Sprechenden, und nicht nur zwischen den Zeilen.

Doch niemand ändert etwas. Viele Leute in dem Land von Herrn Fröhlich können damit nichts mehr anfangen. Wer sollte damit schon noch gemeint sein? Wie lange werden diese vier Wörter noch Bestand haben? Das ist eine interessante Frage, dachte sich Herr Fröhlich, und er wog es mit seinem inneren Ich ab.

Fragen über Fragen. Doch Herr Fröhlich gefielen die vier Wörter. Sie stehen dort in Großbuchstaben, Versalien genannt. Das muss doch eine tiefere Bedeutung haben. Und die Schrift wurde eigens entworfen, hieß es, und so war es im Buch der Geschichte geschrieben und die vier Wörter und ihre kunstvollen Buchstaben waren keineswegs eine billige Kopie des Bestehenden. Und weil Herr Fröhlich sich genauer damit befasst hatte, so wusste Herr Fröhlich, dass dort – so andere Meinungen seinerzeit – auch die Worte „Diesem Lande" oder „Der Einigkeit dieses Landes" hätten stehen können. Diese beiden Worte standen dort aber nicht und auch keine anderen, sondern „Dem Volke dieses Landes". Und schließlich wurden auch viele Jahre nach dem Anbringen der Schrift, weil diese im großen Krieg zerstört wurden, die Buchstaben originalgetreu wieder hergestellt. Getreu! Und, auch viele Jahrzehnte danach als das Gebäude, an dem die vier Wörter prangen, erneuert und umgebaut wurde, da blieben die Buchstaben wie einst bestehen. Das ist erst wenige Jahre her. An dem imposanten Gebäude inmitten der Stadt mit dem Sitz der Regierenden steht also wie einst: „DEM VOLKE DIESES LANDES".

„Interessant", schloss – vorerst – Herr Fröhlich die Debatte mit seinem inneren Ich anerkennend ab, nicht ohne einen tiefen und eindringlichen Blick, einer Mixtur aus Verzweiflung und Zuversicht, aus dem begrenzten Raumschiff in die Ferne zu senden.

Mittel aus der Steckdose

Das Land fiel ab. Diese Entwicklung war über die jüngere Zeit nachzuverfolgen. Der Trend ging in Richtung Süden, nach unten, für viele sichtbar, nicht für alle. In der Spielklasse würde es heißen: Abstiegsgefährdet.

„Herr F., warum besorgt Sie das", sagte ihm einer. „Bei mir, und bei den anderen auch, kommen die Mittel fürs Leben stets pünktlich auf das Konto bei der Bank."

Ja, so wie der Strom aus der Steckdose kommt, tönte Herr F. in sich hinein und wendete sich von dem anderen ab.

So wurde er den anderen los. Nur wurde Herr F. die Befürchtung nicht los, dass es da draußen vor der Türe zu viele von dieser Art anderen gab: Menschen, die wichtige Verknüpfungen nicht sehen, diese Zusammenhänge nicht sehen wollen und nicht verstehen wollen, weil ihr begrenzter Verstand ihnen einen Streich spielt.

Herr F. klebt an seinem Willen

Dann und wann – doch das war wirklich äußerst selten – kamen Herrn F. komische Gedanken. So dieser: Manchmal möchte ich mich einfach irgendwo festkleben, um meinen Willen durchzusetzen."

Früher haben Kinder gedroht, so lange die Luft anzuhalten, bis sie ihren Willen bekamen.

Gute Gefühle für falsche Taten

Herr Fröhlich lebt in einem reichen Land. Es ist ganz vorn mit dabei auf der Liste der wohlhabenden Völker der Erde. Nicht jede Person lebt auskömmlich. Für die Armen gibt es Mittel für das Wohnen, das Sprechen mit Apparaten und die Nutzung des öffentlichen Transportes. Für die Ärmsten der Armen werden darüber hinaus Lebensmittel verteilt, das, was die Märkte spenden oder in absehbarer Zeit nicht mehr verkaufen werden, oder es werden von den von überall her kommenden und gespendeten Mitteln neue Lebensmittel gekauft und verteilt.

Das gibt den vielen freiwillig beim Verteilen helfenden, gut gekleideten und nicht leidenden Menschen, die ihr Auskommen haben, ein gutes Gefühl. Die Lebensmittel werden fleißig in Tüten verpackt und sogar mit dem Auto zu den Bedürftigen gebracht. Natürlich zaubert das Überreichen der Gaben an diejenigen, die ohne Nahrungsmittel wie Brot, Milchprodukte, Zucker, Mehl, Konserven, Nudeln und Butter Hunger leiden würden, ein Lächeln in deren Gesicht. Das ist der Überlebensdank. Es ist in der Not eine spontane Antwort auf einen greifbaren Reiz.

Doch Herr Fröhlich würde in jeder Auseinandersetzung auf offener Bühne diese Meinung vertreten: Ein reiches Land, das nicht in der Lage ist, seine Menschen, die hart arbeiten oder gearbeitet haben, in Würde zu ernähren, ein solches Land hat die Berechtigung seiner Existenz verloren.

Ein verantwortungsloses System

Herr Wolf hatte es vorhergesagt und stellte so seine hellseherischen Fähigkeiten unter Beweis. Herr Fröhlich und alle anderen konnten es nun, da dies geschah und sie es direkt miterlebten, nur staunen. Eines Tages gab ein Staatsmann, der bisher nicht weiter aufgefallen war, auf die gewöhnlichste Weise einen sehr hohen Betrag, der durch den Staat vom Bürger eingenommenen Mittel, auf einmal aus. Die gesamten Banknoten addiert ergaben einen Betrag mit neun Nullen. Als die Mittel unwiederbringlich und ohne für den Bürger Nutzen zu stiften in kurzer Zeit endgültig verloren waren, sah man plötzlich auch einen anderen Staatsmann, den man zuvor gar nicht beachtet hatte, und den man auch gar nicht kannte, einen noch höheren Betrag mit nun zehn Nullen auf einmal ausgeben, und kurz darauf, als auch diese Zahlungsmittel unumstößlich verschwunden waren, einen bisher auch nicht in Erscheinung getretenen dritten Staatsmann. Sein Betrag war wiederum um eine Null höher. Als auch dieser auf das Unumkehrbare vernichtet war, begann die Sache erst richtig: plötzlich gab ein vierter Staatsmann einen um noch eine weitere Null erhöhten Betrag an Zahlungsmitteln auf einmal und für immer aus. Aber, das war noch nichts im Vergleich zu dem, was später passierte.

Herr Fröhlich gestand sich selbst ein, dass Herr Wolf recht behalten hatte. Fröhlich war bisher immer der Meinung gewesen, dass Staatsmänner nicht wissen, was Abgaben an den Staat und was Zahlungsmittel sind. Doch sie nahmen die ihnen anvertrauten Mittel und wollten etwas bewirken. Allerdings versagten sie mangels Fähigkeiten, um dies gekonnt und für den Bürger zu tun.

Doch in einem Punkt, da waren sich Herr Wolf und Herr Fröhlich schon früh einig und als erste unter allen anderen sehr sicher: Wie Zahlungsmittel entstehen, das wissen Staatsmänner nicht, denn dann hätten sie nach ihrem Scheitern wenigstens Reue gezeigt.

Papierdemokratie ist einzigartig stark

Vielleicht war es früher einfacher, eine Demokratie zu etablieren und zu erhalten. Es wurde alles auf Papier geschrieben. Eine Demokratie verschweigt nichts. Doch auch wenn die Dokumente öffentlich waren, der einfache Mann musste schon ein Hochdemokrat sein und viel Zeit aufwenden, die Papiere auch einzusehen und zu lesen. Auch die Nicht-Demokraten zahlten den hohen Preis mit ihrer Lebenszeit.

Heute, so denkt sich Fröhlich, ist alles im Wegesystem der Datenfernstraßen viel durchsichtiger, denn schnell und ohne Antrag können viele Dinge gelesen werden, zu Hause von der trauten Stube aus. Der Demokrat, aber auch der Nicht-Demokrat, sie müssen noch nicht einmal durch Sonne oder Regen gehen, sie müssen nicht in einer Schlange aus Menschen anstehen, um ihr Anliegen vorzutragen, sie müssen keine Argumente überlegen und sortieren, um schnell Zugang zur Bürokratie und den transparenten Dokumenten zu erhalten.

Heute läuft alles so. Auch eine Sammlung von Unterschriften, immerhin ein altbewährtes und erprobtes demokratisches Mittel, um einen Willen zu äußern, dass man mit dieser oder mit jener Maßnahme der Regierenden nicht einverstanden ist, kann von daheim eingesehen werden. Früher konnte man die Listen in den Behörden einsehen und die Namen derer, die sie unterschrieben haben.

Dafür musste man in der Sonne stehen oder durch den Regen gehen.

„Sie haben so recht", sagte Lichtermann zu Fröhlich. „Ich bin vollends Ihrer Meinung. Dieses Gesetz, von Ihnen angesprochen, darf nicht kommen. Ich bin auch wie Sie dagegen. Es schadet dem Staate. Doch eine Unterschrift im Wegesystem der Datenfernstraßen, für alle sofort in der Sekunde sichtbar, werde ich nicht leisten, um diesem Anliegen mehr Kraft zu verleihen: durch meinen Beruf weiß man, wer ich bin, und wo ich wohne; und ich habe eine Frau und drei Kinder."

Fröhlich war enttäuscht und gleichzeitig war er doch verständnisvoll. Vielleicht war es früher doch einfacher, eine Demokratie zu erhalten, dachte er sich. Doch heute verteidigen die Bäume ihr Recht auf Leben, um nicht zu Papier zu werden.

Die Überlegenheit von Märchen

Neue Menschen kamen ins Land des Herrn Fröhlich. Es kamen viele Menschen. Der Raum zum Wohnen wurde knapp. Es mussten neue Gebäude entstehen. Viele Gebäude mit Wohnungen für die Neuen. Doch das wollten die Alten nicht. Die neuen Gebäude entstanden nicht. Denn da, wo sie hätten gebaut werden können, da wehrten sich die Alten, denn das passe nicht zum Bild der Stadt, die Sicht würde verstellt, die Sonnenstrahlen würden nicht mehr ihren Balkon erreichen, und außerdem benähmen sich die neuen Einwohner ganz anders. Das gehe also nicht. Ja, neue Gebäude müssten her. Doch nicht auf dieser Fläche hier bei uns. Anderswo schon.

Die Einwände der Alten verlangen Respekt, sagten die Staatsmänner im Lande des Herrn Fröhlich. Dann kam eine neue Idee auf. Es war diese: Wenn es nicht sehr viele kleine Flächen im Lande des Herrn Fröhlich gibt, auf denen neue Gebäude mit sehr vielen Wohnungen gebaut werden könnten, dann müsse man doch nur wenige große Plätze im Lande des Herrn Fröhlich finden, auf denen man ganze Städte errichten könne, neue Städte aus dem Nichts, gerade so wie neue Moleküle aus der Retorte.

Das sei eine sehr kluge Idee, sagten alle. Denn diese Städte könnten nach den neuesten wissenschaftlichen Methoden und nach dem neuesten

Stande der Technik von Grund auf neu erstellt werden, und vor allem könnten sich die Neuen, die dort leben sollen, weil es woanders keinen Platz im Lande des Herrn Fröhlich gibt, mit den Alten, die dort wohnen wollen, in neuen Gemeinschaften bewähren; so würde die Mischung eine ausgewogene sein, und die Stimmung würde sich beruhigen.

Nun begab man sich von Staats wegen auf die Suche, wo denn die neuen Städte für die Neuen und die Alten entstehen sollten. Schnell wurde es schwerfällig. Denn hier ging es nicht, weil Ackerland zerstört würde, und da ging es nicht, weil die neue Stadt die Region verändern würde.

Es stellte sich heraus, dass es nicht nur sehr schwierig war, sehr viele kleine Flächen im Lande des Herrn Fröhlich zu finden, sondern dass es auch sehr schwierig war, nur wenige große Flächen zu finden.

Und Herr Fröhlich sagte:

„Beide Ideen sind nützlich. Wenn die erste von allen nicht gewollt ist, dann ist die zweite Idee nützlicher. Doch wenn auch diese nicht gewollt ist, dann hat unser Land eine Aufgabe. Dann dürfen nicht mehr so viele Neue zu uns kommen. Es wäre ein Verhöhnen der Alten und ein Verhöhnen der Neuen."

Es stellte sich zuletzt heraus, dass es einfacher im Lande des Herrn Fröhlich war, eine letzte Ruhestätte für den langlebigen Müll aus der strahlenden Energieproduktion zu finden als Flächen, um sechzehn moderne Städte mit je einer viertel Million Einwohnern neu entstehen zu lassen.

In Märchen gibt es immer etwas Drittes. Da ist eine dritte Tochter, ein dritter Sohn oder ein drittes Königreich. Doch die dritte Idee gab es hier nicht. So gab es auch kein märchenhaftes glückliches Ende.

Die Gleise des Möbius

August Fabian Möbius war ein Mathematiker. Er lebte in der ersten Hälfte des 19. Jahrhunderts in Leipzig, und dort wirkte er auch. Das wusste Herr Fröhlich, da er sich für viele Themen interessierte, aus dem Buch des Wissens. Rollt man einen Papierstreifen der langen Achse nach auf und klebt die Enden aneinander, dann hat man einen Ring. Schneidet man diesen Papierstreifen erneut entzwei, dreht dann nur ein Ende des Streifens um einhundertachtzig Grad und verklebt beide Enden wieder, dann hat man ein Möbiusband. Wenn nun eine Ameise auf dem Band in eine Richtung ginge, dann wäre sie anfangs außen und später, im Lauf der Strecke, innen unterwegs und sie würde nie an ihr Ziel kommen und sich – unendlich lang – immer im Gegenteil wähnen, einmal außen und einmal innen.

Viele Jahre machte sich Herr Fröhlich Gedanken, worin der Sinn dieser Figur liegen könnte. Dann kam Herr Fröhlich drauf. Das ist seine Geschichte:

Als Beobachtender, der er ist, wunderte es ihn zunächst, wenn er an den Gleisen der Bahnhöfe in seinem Land stand und wenn es durch den Lautsprecher etwa so tönte: „Verehrte Fahrgäste: achten Sie bei dem ankommenden Zug bitte auf die geänderte Folge der Waggons dieses Zuges". Dabei handelte es sich, so Herrn Fröhlichs Beobachtung, immer um eine vollständige Umkehrung der

Reihenfolge, und nie um ein munteres Würfeln. Die Wagen mit zum Beispiel den Nummern 10, 11 und 12 waren immer noch so verbunden. Nur kamen Sie nicht als 10, 11 und 12, sondern als 12, 11 und 10, aber nie als 10, 12 und 11 an. Herr Fröhlich konnte sich das lange Zeit in einem so gut organisierten Land wie dem seinen, dessen Pass er hatte, nicht erklären.

Eines Tages aber saß er indes selbst in einem solchen Zug. Er bemerkte es schon während der Fahrt. Als er schließlich von seinem Ausgangsort, wo er in den letzten Waggon einstieg – und ohne, dass der Zug in einem Sackbahnhof an einer Station im Verlauf der Fahrt seine Orientierung geändert hätte – in seinem Zielbahnhof ankam, aber eben nicht am Ende, sondern am Anfang, im nun ersten Waggon –, nun, da wusste Herr Fröhlich, wie dies alles passierte und wie die Welt verbunden ist: Die Eisenbahn, in der Herr Fröhlich saß, hatte – wie auch immer dies geschehen sein möge – ein Möbius-Gleis erwischt; denn die Reise begann auf die eine Weise, in diesem Fall hinten, endete aber hier vorne, geradeso wie eine Ameise auf einem Möbius-Band im Äußeren startet und im Inneren ankommt.

Herr Fröhlich hätte im Grunde schon während der Fahrt darauf kommen können, denn er und die anderen Gäste im Zug wurden zu einem Zeitpunkt wild geschüttelt, ohne dass dies dem einzelnen begreiflich wurde, und so mancher sagte nach der zittrigen Fahrt, er fühle sich so als ob er auf einmal über Kopf gefahren sei. Die Aussagen der Zeugen waren in verschiedene Worte gekleidet, doch der Sinn blieb der gleiche. Das Ankommen am Anfang des Zuges, obwohl man doch hinten eingestiegen war, bewies dann schließlich für alle sofort; man war gemeinsam durch ein Möbius-Gleis gefahren, um ans Ziel zu kommen.

Nachdem alle, so auch Herr Fröhlich, das Erlebnis abgeschüttelt hatten, war Herr Fröhlich am Ende doch sehr froh, die Erklärung für ein bis dahin ungeklärtes Rätsel nicht nur gefunden, sondern unbestreitbar selbst erfahren und damit bewiesen zu haben. Denn die Worte der vielen anderen, dass das Unternehmen der Eisenbahn in dem Land des Herrn Fröhlich nur sehr schlecht organisiert sei, unzureichend ausgebildete Mitarbeiter habe und die neuen Techniken zur Verständigung untereinander nicht vollends taugen würden, nun, dieses Märchen konnte sich Herr Fröhlich in dem Land der Perfektion, dessen Pass er hatte, überhaupt nicht vorstellen. Er war deshalb nicht nur fröhlich, sondern geradezu froh: Die Möbius-Gleise gibt es wirklich.

Sollen sie doch wetten

F. war noch nicht auf der Welt, da hatten seine Ahnen kein Ruhmesblatt über sich in der Welt abgegeben. Viel Leid hatten sie in die Welt gebracht, und viele Geschichtsbücher legten Zeugnis über die Missetaten ab. F. wuchs heran und die Schule sparte die wahren Dramen nicht aus. Voll Überzeugung wurde F. schließlich ein Anhänger des Gewaltverzichts, und ‚Waffen' und ‚Krieg' waren Wörter, die für F. noch schwerer zu begreifen waren als so manches Wort einer fremden Sprache. F. war damit nicht allein. Er wuchs in einer Altersgruppe mit viel Friedensliebe auf. Absonderlich wurde es für F. viele Jahre später.

Ein Krieg wurde entfacht in einem Land, dem sich viele verbunden fühlten. In der Altersstufe seiner früheren Mitschüler, seiner Sportkameraden, seiner Freunde während der Ausbildung an der Akademie und der mit ihm zusammen Startenden im Beruf, die alle so alt waren wie F., hatten alle das gleiche durchlebt und gewissenhaft erlernt. Doch wohin F. nun auch hörte, vernahm er den Drang, dem Lande zu helfen, das dem seinen nahe stand: helfen, menschlich, natürlich, doch auf jeden Fall auch mit Waffen. Moment mal, dachte sich F., Friedensliebe ist doch eindeutig! Und Gewaltlosigkeit ist ein Ja und kein Jain. Es ist Leben. Mit Waffen kommt zum Leben auch der Tod. Gibt es halbe Gewalt? Einen halben Krieg? Ist das Glas der

Friedensliebe mit Waffen dann nur halbleer? Oder doch schon der Krug mit Krieg halbvoll?

Das Land des F., das so viel Leid in die Welt gebracht hatte, lieferte nun Waffen an das andere Land. Und mit diesen Waffen wurde wiederum viel Leid gebracht. Menschen starben, wenn man die Waffen nutzte. Nicht immer waren es Feinde. Der Krieg war noch weit weg.

Doch es ist immer nur eine Frage der Zeit, dann werden mit den Waffen auch die Soldaten mitgeliefert, und schließlich kommt der Krieg in die eigene Stadt.

Wenn das Land von F. doch so gespalten ist, dass so wie F. sehr viele die Gewaltlosigkeit bevorzugen, gerade so als hätte es die Geschichte in das persönliche Pflichtenheft eines fast jeden unter ihnen geschrieben, während die anderen, die auch sehr viele sind, die Waffen geliefert haben wollen, dann gibt es nur einen Weg, dachte sich F., und schritt voran.

Es sollte der Aufsehen erregendste Prozess werden, den es je im Lande von F. gegeben hatte, denn F. klagte die Mächtigen seines Landes an. Er forderte: Zum einen sollten die obersten Staatsmänner Kriegsanleihen ausloben, um die Waffen zu finanzieren. Und zum zweiten sollten sie all diejenigen, die Waffen wollten und damit billigend in Kauf nahmen, dass Menschen getötet würden und der Krieg auch ins eigene Land kommen könnte, verpflichten, diese Kriegsanleihen zu kaufen und all jene, die wie F. zur Geschichte des Landes und seinen Werten stehen, davon freistellen.

Kriegsanleihen würden die Mittel für die Waffen und für die Soldaten bringen, und wer sie kaufte, würde fürstlich mit Zinsen belohnt – unausgesprochen –, wenn die eigene Armee – mit aller Konsequenz – obsiegt.

Ein Gefängnis ist und bleibt ein Gefängnis

Ein Gefängnis ist immer ein Gefängnis: Auch im übertragenen Sinn ist es eine Stätte in der Hand derjenigen, die sich um andere besonders bemühen, auch ohne zum Teil zuvor gefragt zu haben. Die Menschen in den Gefängnissen machen den Unterschied aus, wie ein Gefängnis zu betrachten ist.

Es gibt drei Gruppen. Man kann sie am besten mit Hilfe eines Gedankenexperiments unterscheiden. Man stelle sich nur vor, dass sich der Raum, in dem sich der Gefangene befindet, verändert. Er wird in kleinen, kaum wahrnehmbaren Stufen, vergleichbar mit der gleitenden Bewegung eines Schlittens, immer enger.

Es gibt die erste Sorte Menschen. Sie fühlen sich in dem Raume wohl, egal wie groß der Raum anfangs ist und ihnen wird auch nicht unwohl, wenn der Raum wie ein Strickpullover in heißem Wasser einläuft. Ihre Behaglichkeit bleibt, und sie nimmt nicht ab. Sie fühlen sich auf Dauer wohl und merken kaum, dass der Raum in seiner Größe schrumpft. Und wenn sie es wahrnehmen, dann interessiert es sie nicht. Auch wenn der Raum in seiner Größe abnimmt, die Größe der Gruppe mit den Menschen der ersten Sorte bleibt nahezu unveränderlich. Der Raum müsste schon sehr klein werden, damit es sie stört.

Die zweite Sorte Menschen bemerkt mit der Zeit die Veränderung, der eine früher, der andere später. Dieser zweiten Sorte Menschen ist gemein, dass das wohlige Gefühl mit der zunehmenden Enge weicht. Von einem Tag auf den anderen ist es nicht mehr da, bei den einen verschwindet es etwas früher, bei den anderen etwas später. Mit der Zeit wird die Zahl der Menschen in der Gruppe kleiner.

Und dann gibt es die dritte Sorte Menschen. Sie fühlen sich von Anfang an nicht wohl, wenn sie den Raum betreten müssen. Sie sagen etwas, sie rufen etwas und schließlich schreien sie, wenn sich die Wände aufeinanderzubewegen, die einen früher, die anderen etwas später, doch sie schreien, erst still für sich und in sich hinein, dann leise, so dass es wohl kaum jemand wahrnimmt und nur die Ohren in der nächsten Umgebung es überhaupt bemerken, und schließlich werden sie immer lauter, so dass es alle hören. Doch die Menschen der ersten Sorte interessiert es scheinbar nicht; nur die Menschen der zweiten Sorte erwachen nach und nach und schließen sich den Schreienden an.

Die Verteilung der Menschen auf die drei Sorten ist nie gleich. Die Größe der Gruppe mit der ersten Sorte Menschen verändert sich nicht. Die Gruppe der Menschen, die erst mit der Zeit eine Veränderung spürt, verringert sich; mit dem Schrumpfen der Fläche tröpfeln sie in die anfangs noch sehr kleine Gruppe der Menschen der dritten Sorte. Dies ist die einzige Gruppe, die wächst, erst langsamer, dann schneller und schließlich noch viel schneller.

Herr Fröhlich stellt fest, dass er in einer Zeit lebt in der viele, sogar sehr viele Menschen leben, die Herrn Fröhlich vor Gefahren bewahren wollen, Gefahren, die Herr Fröhlich gar nicht kennt und vor allem persönlich als solche auch nicht als Gefahr anerkennt. Heute morgen war es noch alltäglich. Am Abend ist es eine Gefahr, und wieder rückten die Wände stufenlos ein Stückchen weiter aufeinander zu.

Das Bewahren schränkt ihn ein. Doch stetige und schleichende Veränderungen summieren sich auf und erhöhen die Spannung mit schließlich eintretenden plötzlichen sprunghafte Veränderungen.

Die Gesetze der Natur lassen sich nie auf Dauer umgehen. Das denkt sich Herr Fröhlich als ein einzigartiges kleinstes Teilchen des großen, sich verändernden kollektiven Ganzen. So freut er sich fröhlich und voller Zuversicht, dass er nicht als einzelnes Atom durch das Universum streift und dass sich aus Atomen stets große Moleküle bilden können.

Zuletzt platzt die Traurigkeit herein

Wie das Universum entstanden ist? Wer weiß dies schon. Das Universum ist das Universum. Die Erde ist die Erde. Die Natur ist die Natur. Und irgendwann entschied sich Gott dazu, diesem Ensemble den Menschen hinzuzufügen. Über seine Absicht, und ob sie guten oder bösen Ursprungs ist, ist nichts bekannt. Der Mensch ist der Mensch.

Herr Fröhlich las einem kleinen dreijährigen Jungen in seiner Nachbarschaft mit Namen Toni gern Märchen vor. Als die Geschichten sich wiederholten, bat Toni, Onkel Fröhlich möge sich doch selbst eine Geschichte ausdenken und Toni erzählen. Herr Fröhlich hob an:

„Gott schuf das große Universum. Er schuf die Erde und alles Leben auf der Erde: alle Pflanzen, alle Tiere, die kleinen und die großen Tiere auf dem Land, die Fische und alle Lebewesen im Wasser, die Könige der Lüfte, die vielen Vögel, und natürlich auch die krabbelnden, schwimmenden und schwirrenden Insekten. Und am Ende kam der Mensch hinzu. Der Mensch war sehr ideenreich. Er schuf dies, und er schuf das. Er schuf immer wieder Neues. Der Mensch schuf Neues mit seinen Erfindungen, damit es ihm besser ginge und auch seinen Kindern und den Kindeskindern – das sind die kleinen Erdenbürger wie Du, mein lieber Toni.

Dann kam eine neue Zeit. Unter dem neuen Kaiser, dem gekrönten Oberhaupt des Landes und der Städte, wurden die Erfindungen der Menschen geprüft. Alle, sie wurden alle überprüft. Nach dem großen Bündel von Schriften, das der große Rat des Kaisers schließlich vorlegte, war nicht alles gut, was sich der Mensch Neues bisher hat einfallen lassen. So wurden viele Erfindungen der Menschen wieder entfernt und verboten.

Ganz oben auf der Liste des großen Rates mit den bösen Erfindungen war die künstliche Materie. Es gab Stoffe, die Menschen nannten sie künstliche Stoffe, die wollte nun keiner mehr. Sie waren böse. Alles wurde verboten. Man durfte keine Dinge mehr aus diesen künstlichen Stoffen herstellen, denn sie kamen nicht aus der Natur. Aber selbst diejenigen, die gar nicht wussten, wie man das macht, einen solchen nicht in der Natur vorkommenden Stoff herzustellen, die wurden bestraft, weil sie die Dinge, die aus der künstlichen Materie hergestellt wurden, nutzten. Das war nicht lustig. Die Menschen mussten sich einschränken; und sie taten dies nicht nur dort, wo die Stoffe Böses taten, sondern auch dort, wo die Stoffe Gutes taten und den Menschen und ihrem Leben sehr nützlich waren. Das war der Anfang einer sehr bitteren Zeit.

Alles wurde verboten.

So kam es auch, dass keine Luftballons mehr hergestellt werden durften. Denn auch Luftballons sind aus einem Stoff, den es so in der Natur nicht gibt. Und eines Tages, da war er da, der Tag, an dem es auf der Erde den letzten Luftballon gab. Das Kind, das ihn besaß – es war in deinem Alter, Toni, so klein und so zart und so verspielt und neugierig auf die Welt, wie Du –, es spielte fröhlich mit dem Ballon, ließ ihn in der Hand tanzen, patschte ihn in die Luft und pustete ihn in eine andere Himmelsrichtung, wenn der sanfte Wind dies erlaubte und selbst nicht etwas anderes mit dem lustig bunten Ballon vorhatte. Dann platzte er.

Der Junge, der so alt war wie du, Toni, der Junge weinte. Und er weinte auch, weil er auch Toni hieß. Denn so wie du, da spielte auch dieser Toni sehr gerne mit Luftballons, wie alle Kinder auf dieser Welt – und manchmal auch die Erwachsenen, wenn sie unbeobachtet waren, und wenn sie sich wie einst als Kind fühlten.

Die Kunde vom letzten Luftballon verbreitete sich so schnell wie der Wind durch das Land weht. Und die Menschen erkannten, dass der geplatzte Luftballon von Toni der letzte Luftballon auf der Erde gewesen war. In diesem Augenblick, da weinte nicht mehr nur der Junge mit deinem Namen, Toni, nein, in diesem Moment da weinten alle Menschen. Und schließlich weinte auch der Kaiser und es weinten seine Büttel."

Toni kullerten Tränen über die samtige Haut seiner Wangen.

Herr Fröhlich war in sich versunken: Gott wird sich schon etwas gedacht haben, warum er uns Menschen schuf.

Entmündigung kommt schleichend

Herr Fröhlich sah nichts, denn das, was passierte, geschah in seinem Rücken in einem Cafégarten bei sommerlichen Temperaturen. Da fragte die sehr viel ältere Stimme:

„Wo setzen wir uns hin?" Und die sehr viel jüngere Stimme antwortete:

„Wir setzen uns dorthin, wo es am besten für dich ist." Nach einem Moment sagte die jüngere Stimme:

„Schau mal hier. Hier ist es am besten für dich, Erna."

Herr Fröhlich dachte: Die Entmündigung im Alter erfolgt in kleinen Schritten.

Verflixte stetige Veränderungen

Das Land, in dem Herr Fröhlich geboren wurde, in dem er aufwuchs und schon viele Lebensjahre verbracht hatte, unterlag wie andere Länder und Orte einem Wandel. Wandel ist gut, wenn er in eine gute Richtung verläuft. Die Gesundheit und das Gedeihen eines Landes hängen mit dem einvernehmlichen Zusammenwirken der Bürger zusammen: Nichts entsteht aus dem Nichts. Wenn nicht Menschen ihr Bestes geben und miteinander wirken und teilen, verpassen sie die Gelegenheit, dass aus eins und eins und eins nicht nur drei entsteht, sondern einhundertelf wird, wenn man die Rechenzeichen ignoriert und die drei Ziffern einfach zusammenschiebt. Nur in der Gemeinschaft kann sich die Schaffenskraft rasant vervielfältigen. Das gilt für die kleinste Einheit, die Familie, doch auch für die Schulklasse und den Kurs im höheren Seminar genauso wie im Verein, und erst recht dort in den Mannschaften. Es sei dieses Beispiel aus der Fabrik von Herrn Fröhlich berichtet. Fröhlich erzählte sein eigenes Schicksal einem Freund, der es für die Nachwelt fein säuberlich mit der Maschine so zu Papier brachte:

Herr Fröhlich arbeitete schon viele Jahre in einer Fabrik, die sehr erfolgreich war. Doch der Erfolg ließ plötzlich nach. Nach all den Jahren, die Herr Fröhlich dort gearbeitet hatte, fiel die Fabrik zurück, sie produzierte weniger, die Kunden wandten sich ab, und die Einnahmen wurden von Tag zu Tag geringer. Keiner konnte die Gründe benennen. Allein, der Niedergang war augenscheinlich. Dabei war doch so viele Jahre auf das Kollektiv und das Zusammenspiel der Menschen mit all ihren Fähigkeiten gesetzt worden, gerade so wie viele Jahre in der sehr erfolgreichen Ballmannschaft im Lande. Der Geist der Gemeinschaft stand immer zuoberst. Die Leiter der Fabrik wollten immer nur das Beste, die besten Arbeitsbedingungen, das Wohl der Mitarbeiter und die besten Produkte. Und die Menschen waren dann wohlgelitten, wenn sie das Beste von sich und ihrer Gemeinschaft wollten. Die besten Zeugnisse brauchten sie persönlich nicht, denn gemeinsam ist man stark, und eine Note im Zeugnis zählt in diesem ergiebigen Miteinander fast nichts. Und wenn etwas einmal nicht so funktionierte, wie es sollte, da zeigten sich die Direktoren geschmeidig und taten ihr Bestes für die Zusammenarbeit.

Zuletzt war es dann allerdings so:

Herr Fröhlich kam wie stets in die Fabrik und in seine Abteilung. Von den Kollegen, die er noch letzte Woche in seinem Büro begrüßt hatte, waren zwei fort. Sie waren durch andere vom unteren Flur und von nebenan ersetzt worden. Seine bisherigen Kollegen sorgten an anderer Stelle im Werk für eine neue Umgebung. Die Woche darauf war einer der Neuen schon wieder weg, von den neuen Direktoren beurlaubt. Man war nicht zufrieden. Ersetzt wurde der mit geringer Leistung durch zwei Neue.

Doch die kannten das Werk noch nicht; der eine kam von weit her, der andere hatte noch nicht auf dieser Stufe gearbeitet. Eine weitere Woche später saßen viele Menschen in einem Raum, den es vorher so noch nicht gegeben hatte. Fröhlich kannte die Menschen nicht, und auch nach Gesprächen kam Herr Fröhlich nicht darauf, was ihre Aufgabe war; doch der oberste Direktor hatte so entschieden. In diesem Verwirrspiel baute schließlich auch Herr Fröhlich ab. Man wurde unzufrieden. Herrn Fröhlich fehlte, um besonders gut zu arbeiten, das Zusammenspiel mit ihm vertrauten Menschen.

Es vergingen weitere Wochen, viele Wochen, sogar Monate, die sich zu Jahren aufaddierten. Die Fabrik, in der Herr Fröhlich viele Jahre gearbeitet hatte verlor von Jahr zu Jahr immer mehr von seinem guten Ruf, und es verlor an Boden. Es verlor Kunden, Aufträge und schließlich auch Kollegen, die sich nun anderen Unternehmen anschlossen, um ein erfülltes Leben zu erreichen, oder sie gaben auf und gingen früher als geplant in den Ruhestand.

„Wir kannten uns nicht. Wir kannten die Prozesse nicht. Und wir verstanden die Anweisungen der Direktoren nicht", zitierte Herr Fröhlich.

Vertrauen ist ein Grundwert in der Zusammenarbeit von Arbeitskollektiven, dazu gehört es auch, den anderen regelmäßig zu sehen, zu erleben und zu erkennen: Was kann der eine, was der andere, was sind seine Werte und was sind seine Laufwege. Wer jedes Mal andere Menschen um sich hat, verliert seine Energie, so interpretierte Herr Fröhlich seine Erfahrungen in der stets wechselnden Umgebung.

Wie kann so Vertrauen aufgebaut werden? Wie kann man so erkennen, welche Qualitäten eine Kollegin hat oder wie ein Kollege handelt? Wie kann der Einzelne über sich hinauswachsen, wenn er sich nicht in einer verlässlichen Gemeinschaft befindet?

Fröhlichs Freund, der die Episode aufzeichnete, schrieb einen letzten Absatz:

Mit der Fabrik ging es zu Ende. Mein Freund Fröhlich arbeitet nun anderswo. Die Direktoren wurden entlassen. Im ganzen Lande wurden in vielen Fabriken die Leiter und Direktoren entlassen, immer dort, wo der tägliche Wandel und die Umorganisation ihr Unwesen trieb und sich die Menschen in den Vereinen und Fabriken nur noch mit sich selbst beschäftigten. Es traf alle und so musste auch der Unruhestifter der obersten Ballmannschaft gehen. Das alles ist für unser Land verflickst.

Fröhlichs Freund bemerkte schnell seinen Schreibfehler und korrigierte: Das alles ist für unser Land verflixt.

Ämter produzieren nichts

Herr F. war in seiner regelmäßigen Runde und jemand sagte:

„Um als Staat produktiv zu bleiben, ist es unbedingt erforderlich, den Hochmut der Institutionen zu besänftigen und unter Kontrolle zu halten."

„Das ist doch nicht von Ihnen", sagte Herr F. fröhlich, „das hat doch schon ein römischer Kaiser gesagt, oder war es ein griechischer Philosoph? Auf jeden Fall ist es mehr als zweitausend Jahre her."

„Warum meinen Sie das? Und wozu ist diese Genauigkeit wichtig, wenn doch der Inhalt stimmt?"

„Nun, werter Freund", sagte Herr F., „fühlen Sie sich bitte nicht von mir verletzt. Sie haben doch recht, und ich hätte meinen Mund halten sollen, um die anderen in unserer Runde noch mehr und noch länger staunen zu lassen."

Der Jemand nickte, und Herr F. erkannte zugleich in ihm einen wahren Freund. So fuhr Herr F. fort:

„Unsere Bürokratie tritt über die Ufer, und wir, die wir die Mehrheit sind, nehmen es nicht wahr. Und vielleicht folgen Sie meiner Auffassung: Die Bürokratie platzt aus allen Nähten, weil unsere Mitmenschen nicht mehr in der Lage sind, eigenständige Entscheidungen zu treffen weder für sich, für ihre Familie, für ihr Leben noch in ihrem Beruf oder in ihrem Alltag. Fragen über Fragen werden aufgeworfen, doch die Entscheidungen werden verschleppt. Und wenn etwas dauert, dann braucht man mehr und mehr und immer mehr Menschen, um die große Anzahl offener Fragen zu organisieren.

Manch ein Staatsmann wird schon gefeiert, wenn er nur in einem Amt mehr Stellen schaffen will, doch der König unter den Staatsleuten ist derjenige, dem es gelingt, ein neues Amt aus dem Nichts zu entstehen zu lassen."

Seine Kinder schlägt der Minister nicht

Das Los wollte es, dass Herr Fröhlich zu dem Kreis gehörte, der an einer Sprechstunde mit dem Außenminister teilnehmen durfte. Mit einer Frage zog er die Aufmerksamkeit auf sich: „Verehrter Minister, schlagen Sie Ihre Kinder?"

„Wie kommen Sie denn darauf?", empörte sich der Minister des Äußeren spontan, „natürlich nicht. Die Zeit der Züchtigung von Menschen ist in diesem Land längst vorbei und allenfalls ein Thema für die Geschichtsschreiber. Mit Menschen geht man doch inzwischen anders um, nicht nur in unserem Land, sondern überall auf der Welt."

„Befehlen Sie denn Ihren Kindern, in der einen oder der anderen von Ihnen gewünschten Weise zu handeln, zu denken, oder Ihre Werte und Vorstellungen anzunehmen?", setzte Herr Fröhlich nach.

„Ich verstehe, dass Sie so reagieren", erwiderte der Außenminister und hatte nun nach der ersten Überraschung seine Fassung wiedergewonnen. Er fühlte sich zurück in seinem Element. „Wie kommen Sie darauf? Natürlich", fuhr er fort, „wollen wir, dass sich verständige Menschen heranbilden, und das gilt natürlich nicht nur für die Jüngsten in unserem Lande, sondern für alle: das Gespräch öffnet die Menschen, und dann hören sie zu, sie achten auf die Meinung des anderen und am Ende kommen alle Seiten in die Diskussion miteinander, auch über einen strittigen Sachverhalt. Das ist so bei den Jüngsten im Markt an der Kasse, wenn es um Naschereien geht, oder bei den Älteren, die nur unwillig zur Schule gehen: Die Eltern als Instanz sind heute verpflichtet, mit guten Argumenten zu überzeugen und den Kindern nicht einfach ihren Willen aufzuzwingen oder sie gar zu schlagen. Das", betonte der Minister, „das, mein lieber Freund, gilt nicht nur für Kinder. Mit allen Menschen gehen wir so um. Nicht nur Kinder haben andere Werte, andere Hintergründe und eine andere Persönlichkeit. Man hört zu. Man bemüht sich zu verstehen. Man argumentiert. Man versucht zu überzeugen. Doch man bevormundet nicht, man bedroht nicht, und man befiehlt nicht." Herr Fröhlich sagte:

„Da bin ich froh. Ich verstehe und danke sehr, dass Sie in den Ländern dieser Welt, die Sie in unserem Namen als Minister des Äußeren, im Namen Ihres Volkes und auch im Namen meiner Mitbürger besuchen, noch keine Bombe geworfen haben. Sie schlagen Ihre Kinder nicht. Und alle Menschen sind gleich, sagten Sie. Doch! Mit den anderen diskutieren Sie nicht und schätzen damit auch nicht die anderen wert, die Personen, die in einer anderen Welt mit anderen Werten und Hintergründen und mit anderer eigener Persönlichkeit aufgewachsen sind, so wie Ihre Kinder, die in Ihrer Welt und mit Ihren Werten aufwachsen und mit denen Sie wohlwollend sprechen und verhandeln, so beschrieben Sie es doch eben gerade. Doch in fernen Ländern, da handeln Sie anders. Nein, Sie bürden

den Menschen in fernen Ländern Ihren Wertekanon auf und verprellen Ihre Gegenüber. Sie schlagen so – bildlich gesprochen – auf die anderen ein. Denken Sie doch bei Ihrer nächsten Reise beim Aufeinandertreffen mit den anderen an Ihre Kinder. Alle anderen sind auch gebildete Menschen hier auf unserer Erdkugel, so wie wir, und so wie Ihre Kinder."

Herr Fröhlich empfahl dem Außenminister: „Bitte fragen Sie sich bei nächster Gelegenheit: Wie würde ich jetzt mit den mir liebsten Menschen, meinen Kindern, sprechen?"

Herrn Fröhlichs Blick auf Jüngere

Zwischen einer und der nächsten Generation liegen etwa zwanzig Jahre. Der Blick auf die Welt ändert sich bei solch einer zeitlichen Differenz.

Herr Fröhlich erinnert sich immer wieder gern an ein Erlebnis, das ihm ein Freund anvertraute. Dieser kam eines Tags nach Hause und fand auf der Suche nach den Mitgliedern seiner Familie seine vierzehnjährige Tochter im Wohnzimmer. Seine Tochter sah ihren Vater nicht. Sie lag bäuchlings auf dem Teppich, hatte einen schalldichten Ohrhörer aufgesetzt, starrte auf den Schirm vor ihr, hatte ihre Beine angewinkelt und wippte rhythmisch mit ihren Unterschenkeln in der Luft.

Als Fröhlichs Freund schließlich die Aufmerksamkeit seiner Heranwachsenden gewonnen hatte, war der Dialog ein überraschender:

„Was machst du da?"

„Das siehst du doch", empörte sich die Tochter, „Latein-Vokabeln lernen".

Diese Geschichte bestätigte Herrn Fröhlich noch einmal in vier seiner Grundsätze des Lebens.

Erstens: gehe nicht mit Vorurteilen auf einen anderen Menschen zu.

Zweitens: glaube nicht, dass die nächste Generation schwächer ist als die eigene.

Drittens: gib dem anderen immer eine zweite Chance. Und viertens: ...

[bricht ab]

Eiweiß für das Land des F.

Die Zugvögel brüten im Sommer in nördlichen Gebieten, um sich über das Verweilen in dem durch Ebbe und Flut geprägten Wattenmeer auf ihrem Rückzug in wärmere Gefilde Kraft anzufressen. Ein andauernder Flug über viele Tausend Kilometer hinweg steht an, um der drohenden Kälte zu entfliehen. Fressen die Vögel alle zwölf Stunden nicht genug auf dem durch die Gezeiten freigelegten Meeresboden, so stürzen sie vor der Küste des warmen Kontinents tot ins Meer. Die Kräfte schwinden in einem Augenblick. Sie verzehren ihr eigenes Eiweiß. Die Muskeln schwinden, die Grundlage ihrer Überlebenskräfte.

Diese Entsprechung fiel F. ein mit Blick auf sein Land U. Nur im Schlaraffenland, dem allein in der Einbildung als Wunschtraum bestehenden Staat der Faulenzer, in dem alles im Überfluss und zu jeder Zeit verfügbar ist, könnten die universellen Gesetze der Natur außer Kraft gesetzt werden.

Im Land U sah F. vier Gruppen, die für die Tatkraft des Landes und das Erreichen des rettenden Ufers stehen sollten. Doch die Situation war eine andere.

Die erste Gruppe, die schon lange über Generationen im Lande hinweg lebte, wollte nicht mehr. Die Älteren unter ihnen hörten immer früher auf zu arbeiten, während gleichzeitig ihr Lebensalter stieg. So gingen sie mit all ihrer Erfahrung in eine lange letzte Lebensphase.

Die zweite Gruppe der Jüngeren im Lande wollte nicht mehr so viel arbeiten, und sie brauchten dies um eines Einkommens willen auch nicht, denn die Eltern und Großeltern hatten zuvor Wohlstand in der Familie geschaffen und an Kinder und Kindeskinder in großen Sparschweinen weitergegeben.

Die dritte Gruppe bestand aus den Neuen. Sie wollten oft nicht arbeiten, denn es fehlte der Ansporn. Nur wenige interessierten die Sitten, die Gebräuche oder gar die Sprache im neuen Land. So fiel es ihnen schwer zu arbeiten, sich selbst zu bemühen, wenn doch Kalorien und Wärme von Staats wegen flossen und sprossten.

Dann gab es da noch die vierte Gruppe, die um des Einkommens willen noch arbeiten musste, die Penunse gern nahm, aber auch keinen Deut zu viel tat, eher einen weniger. In der Zeit des neuen Arbeitens und weil es der Fortschritt ermöglichte, arbeiteten nun viele von daheim aus. Der offiziellen Gründe gab es viele, denn es wurden Ausgaben gespart für das Anreisen in die Fabrik, für das Licht und für die schönen Büros. Doch nach dem zweiten oder dritten Glas Bier beim regelmäßigen Treffen kam die Wahrheit ans Licht:

„Ich arbeite nun, da es erlaubt ist, zwei Tage in der Woche daheim, um nichts zu tun, ich habe nur für drei Tage die Woche Arbeit und jetzt fällt es nicht weiter auf, dass ich zwei weitere faulenze und es mir bequem mache".

So zehrt sich ein Land wie das Land U des Herrn Fröhlich auf. Es stürzt – und wir mit – ins Meer, so wie die Zugvögel, die nicht genügend Eiweiß aufgebaut haben, bevor sie sich auf die Reise machten. Nicht viele im Lande des Untergangs verstanden die Schlüssigkeit dieser Überlegungen.

Gutes Recht und schlechtes Recht

„Herr Fröhlich, das ist gar keine Frage", sagte der Kollege zu ihm, „das ist Ihr gutes Recht."

„Danke, Kollege, für Ihren Zuspruch", antwortete Herr Fröhlich, und ergänzte: „Doch ist es nicht eine Selbstverständlichkeit in einem Staat mit Recht und Ordnung unter Einhaltung der Gesetze nur gutes Recht zu sprechen?", um nach einer kurzen Pause abzuschließen: „Da Sie es gerade sagen, Kollege: Gibt es denn hier auch die Wahl eines schlechten Rechts, das gesprochen wird? Das würde mich interessieren."

Das Wichtigste zuerst aufräumen

Herr Münchhausen kam bei einem regelmäßigen Treffen aufs Neue auf ein Thema zu sprechen: „Man muss ja nicht denken, dass in der Volksvertretung nur die sitzen, die alles beherrschen und alles können. Die Volksvertretung ist ein buntes Treiben und bildet die Vielstimmigkeit und Uneinigkeit der Menschen des Landes ab. Doch das Land muss nun endlich aufgeräumt werden. Das Land braucht eine Kontrolle seiner Ausgaben, die Schulden des Landes müssen deutlich verringert werden, das Aufblähen der Behörden muss schließlich beendet und die Überheblichkeit der Beamten gedrosselt, die Entrichtungen von Kapital an andere Staaten und Bündnisse muss eingedämmt werden, und vielen Menschen in diesem Lande muss aufs Neue auferlegt werden, wieder selbst zu arbeiten, anstatt auf unser aller Kosten zu leben. Wenn all das nicht geschieht, kann das Land seinen in der Grundordnung festgeschriebenen Aufgaben nicht mehr nachkommen und wird mittellos."

Herr Fröhlich hörte zu.

„Das Land muss endlich aufgeräumt werden", wiederholte sich Münchhausen am Ende gewollt deutlich.

Nach einer Pause nahm Herr Fröhlich das Wort. Er gab zum ersten Mal Herrn Münchhausen recht und sagte:

„Sie haben weise gesprochen, werter Freund,

und ich sage heute, man muss hier nur eine Sache tun. Das Land muss so aufgeräumt werden, dass die klugen Menschen für das Wohl der Gesamtheit des Volkes an die Macht kommen: alles andere folgt dann von selbst."

Herr Fröhlich und der Staatsmann

Ein Abend der Staatsmänner ist nach dem Buch des Wissens, so wusste Herr Fröhlich, eine geschlossene Veranstaltung eines Vereins oder einer Organisation. An solch einem Abend treffen sich Repräsentanten aus den regionalen, überregionalen oder landesweiten Volksvertretungen mit den Mitgliedern des einladenden Vereins oder der einladenden Organisation. Die Mitglieder sind allesamt kundige Vertreter ihres Faches, und der Stand und der Fortschritt dieses Faches ist für die weitere Entwicklung des Landes bedeutend, sonst würden die Staatsleute auch nicht daran teilnehmen wollen. So können sie an einem solchen Abend in konzentrierter Form gute Kenntnis über das Fach für das weitere Voranstreben in Bildung, Forschung, Erneuerung und Industrie erlangen.

Herr Fröhlich nahm an einem solchen Abend teil. Doch am Ende fragte er sich: Welchen Wert hatte dieser Abend? Herr Fröhlich stand in einer Gruppe von Fachkundigen bei einem Staatsmann und bekam diesen Eindruck, der auf seine Weise bleibend war.

Der Staatsmann sprach, berichtete und erzählte, gespickt mit Anekdoten, wie er sich für das Volk einzusetzen glaube. Doch anstatt den anwesenden Fachkundigen zuzuhören und diese zu fragen, pries er nur selbst in den schillerndsten Farben seine Wohltaten am Lande und seinen Bürgern.

Hätte der Staatsmann doch nur Fragen gestellt! Er hätte erfahren können, was die Fachkundigen bewegt und interessiert und er hätte so auch erfahren können, was über das Thema des Abends hinaus so mancher des anwesenden und gebildeten Volkes zu wichtigen Fragen der Regierungsarbeit und der Gemeinschaft meinen würde.

Doch der Staatsmann stellte keine Fragen. Wieso auch? Sein inneres Schulterklopfen war ihm Anerkennung und Genugtuung genug. Er diente sich selbst.

Herr F. teilt eine kluge Beobachtung nicht

Eine Sache behielt Herr F. für sich. Anfangs hatte er nur einen Verdacht. Doch die Reihe der merkwürdigen Beobachtungen riss nicht ab. Er sammelte diese Merkwürdigkeiten, doch er wagte nicht, sie auszusprechen. Wenn er sich wieder einmal dabei ertappte, dass er beobachtete und sammelte, dann sagte sein Inneres *Ich* zu ihm: „Aufgepasst, lieber F., deinen Verdacht darf niemand erfahren, behalte ihn für dich." Und F. tat wie sein Inneres *Ich* ihm riet, denn wären seine Beobachtungen in seinem Kreise bekannt geworden, so würde er sicher von vielen gemieden und sie würden ihn als Außenseiter ansehen.

Doch eines Tages stieß Herr F. in einer vielgelesenen Zeitung ganz nebenbei auf den Beweis für seine umfassende Beobachtung. Dort wurde von einer Umfrage berichtet, eine sogenannte maßgebliche Umfrage unter den Bürgern und den Bürgerinnen seines Landes, ein Querschnitt aller maßgebenden Altersstufen von Frauen und Männern aller Berufsgruppen, die weniger Qualifizierten und die sehr Qualifizierten und alle Bildungsstände, vom Abgänger der Hauptschule bis hin zum Professor an der Universität.

Dort stand, dass sechs von acht Personen gerne weniger arbeiten wollen würden, am liebsten einen Tag weniger pro Woche, also nur noch vier anstatt fünf Tage. Wer möchte das nicht, dachte sich

Herr F. Und weiter stand dann da, dass aber nur eine von diesen sechs Personen gleichzeitig bereit wäre, für weniger Arbeitsleistung auch weniger Entlohnung zu akzeptieren.

Herr F. schloss daraus, dass er recht hatte mit seinen Beobachtungen, dass die Mehrheit – genauer fünf von acht Personen in seinem Lande – eine mangelnde Begabung auf verständnismäßigem Gebiet zeigte, gepaart mit Ahnungslosigkeit sowie darüber hinaus noch eine nur gering ausgeprägte, nicht zureichende Auffassungsgabe.

Herr F. traute sich nicht, es klarer zu denken, um nicht in eine Kalamität zu geraten. Sein Inneres *Ich* wachte über ihn. Und er war ja nicht dumm.

Klagende und Dankende

Die jungen Leute machen sich Sorgen. Sie zeigen, dass sie mit dem Zustand der Welt unzufrieden sind. Sie wollen eine schönere Welt für alle. Sie sagen zu ihren Eltern: Ihr habt es verdorben, und wir wollen nicht so sein wie ihr. Wir können nichts von euch lernen, weil ihr alles falsch gemacht habt. Fangt endlich an zu handeln. Ihr tut nicht genügend. Sie äußern sich als Leser in Briefen an die modernen papierlosen Zeitungen, in den allabendlichen öffentlichen Gesprächsrunden oder bei lokalen Versammlungen, wenn die Bürgermeister einladen. Sie vertreten an jedem Tag in der Woche ihre Meinung, doch freitags mit besonderer Geschäftigkeit.

Herr Fröhlich konnte verstehen, dass die jungen Menschen eine bessere Welt erschaffen wollen. Doch die mit gewaltigen Wörtern entfachte Dramatik und die offenen Drohungen befremdeten Herrn Fröhlich.

Die jungen Leute machen sich Sorgen. Sie zeigen, dass sie mit dem Zustand der Welt unzufrieden sind. Sie wollen eine schönere Welt für alle. Sie sagen ihren Eltern: ihr habt uns viel gelehrt, wir wollen das zum Wohl aller einsetzen und etwas Besonderes und etwas Besseres schaffen, so dass es allen besser gehen wird als heute noch. Ihr habt uns dahin gebracht, wo wir heute stehen, und dafür danken wir euch. Sie äußern sich als Leser in Briefen an die modernen papierlosen Zeitungen, doch ihre

Meinungen verschwinden im Nichts, sie melden sich in den allabendlichen öffentlichen Gesprächsrunden, doch ihre zur Wortmeldung erhobenen Hände werden übersehen. Sie wollen sich bei lokalen Versammlungen, wenn die Bürgermeister einladen, äußern, doch sie werden nicht eingeladen. Und so erreichen ihre Worte niemanden.

Herr Fröhlich konnte verstehen, dass die jungen Menschen eine bessere Welt erschaffen wollen. Die Dankbarkeit gefiel ihm sehr und auch die Zuversicht der jungen Menschen.

Herr Fröhlich versteht das Anliegen aller jungen Leute. Sie alle haben das gleiche Ziel. Doch das zweite Lager gefällt Herrn Fröhlich viel mehr. Dankbarkeit und Tatendrang sind auch Teil seiner Natur, und nun will er sein Bestes tun, dass die nicht gehörten jungen Leute nun auch an einem Tag alle im Gleichklang ihre Stimmen erheben, so dass mit anderem Nachdruck für das gleiche Ziel der Veränderung ein positiver Nachhall mit hoher, ausladender Schwingung im ganzen Lande entstehen möge. Er hat montags im Sinn.

Über Sinn und Unsinn der Beliebtheit

In der Schule hatte Fröhlich in einer Stunde des Unterrichts aufgeschnappt, man solle doch jede Sache mindestens einmal hinterfragen. Und so zweifelte Fröhlich an Listen, die in eine Sache eine Reihenfolge hineinbrachten, von oben gut bis unten schlecht, und er wunderte sich im Laufe seiner Prüfung mehr und mehr, dass diese Abstufungen so beliebt waren.

Manch einer schaut eher auf eine dieser sortierten Listen als auf sein eigenes Horoskop, um die Welt und sich selbst zu verstehen. Und dennoch haben eine Rangliste und ein Horoskop so manches gemein: Es ist ein Lesen im Kaffeesatz: *Panem et Circenses*, Brot und Spiele, die Menschen sitzen zu Hause satt vor dem Flackern, und empfangen für ihr eigenes Überleben das vermeintlich so Notwendige wie diese Reihenfolgen des Unerklärbaren.

Zu diesem Entschluss kam Fröhlich nach reiflicher Überlegung. Denn eine Rangliste ist doch eben keine Tabelle. So eine Tabelle, ja eine Tabelle, wie die in der obersten Ball-Liga. Dort messen sich alle Teilnehmer über einen Zeitraum von einem Jahr miteinander im Austausch zwei oder gar vier Mal. Ein ordentlicher guter Durchschnitt in diesem Vergleich der Paare sollte am Ende doch einen glaubwürdigen Besten an die Spitze fördern, mit allen anderen dahinter abwärts geordnet, gemessen an ihrem Erfolg.

Doch diese Listen? Sie entstehen realiter aus dem Nichts, über Nacht, anhand einer Beobachtung, eines äußeren Merkmals. Was wird hier gemessen? Und wie? Herr Fröhlich grübelte.

In der Zeit, in der Fröhlich lebte, gehörte es für viele Vertreter von Hör- und Sehformaten zum guten Ton, einen Querschnitt in der Bevölkerung nach dem beliebtesten Staatsmann zu fragen, und so wurden alle in Frage kommenden Staatsleute nach dem System der Schulnoten in einer einzigen Reihenfolge, einer dieser Ranglisten, aufgeführt.

Warum? Wozu ist das gut? Welche Kriterien sind wichtig? Und warum war nun Staatsmann A besser als Staatsmann B und warum Staatsmann B besser als Staatsmann C? Wieso fragte man den Souverän, das Volk, nach dem beliebtesten Staatsmann? Warum hieß die Frage nicht: Welcher Staatsmann ist der Fähigste und Erfolgreichste für das Wohl aller?

„Panem et Circenses", seufzte Fröhlich.

Mücken, Wölfe, Saurier und Tiger

Herr Fröhlich ist schon ein in jeder Schräge Denkender. So mancher, der ihm zuhört, wendet sich angewidert ab. Doch ist der Mensch nicht dazu geschaffen, Dinge zu denken und Fragen zu stellen? Wenn auch die Antworten nicht immer jedem recht sein mögen, den anderen nicht und einem selbst auch nicht. Um ein Beispiel zu geben:

Malaria ist ein schweres Fieber der Tropen. Der weltweiten Behörde für Gesundheit zufolge sterben jährlich viele Tausende, gar Abertausende Menschen daran. Millionen leiden darunter. Was wäre wohl, wenn man die ursächlich dafür verantwortliche Stechmücke für immer ausrotten könnte? Wäre das nicht ein Gewinn für Mensch und Tier? Oder würden die Menschen dann rufen: „Achtet auf die Vielfalt der Arten"? Eine halbe Million Menschen ist viel. Sehr viel.

Der Wolf ist das größte Raubtier aus der Familie der Hunde, und er lebt und jagt in Rudeln, er greift in diesen Zusammenrottungen Nutztiere an und macht auch vor dem Menschen nicht halt. So wird er noch immer als bedrohlich angesehen. Das ist kein Wunder. Warum ist es dann nicht segensreich, wenn der Wolf nur noch da lebt, wo nur wenige Menschen sesshaft sind? Nun ist es zu spät. Einst auf dem Kontinent fast ausgestorben, streifen wieder Wölfe durch eng besiedelte Landstriche. Man solle nicht flüchten und den Wolf doch als Gattung respektieren, sagen die Naturschützer. Noch wurde kein Mensch gerissen. Was aber, wenn es soweit kommt?, denkt sich Herr Fröhlich. Und was wird die Menschheit machen, wenn es den ersten gibt, den zehnten, den hundertsten oder gar den tausendsten?

Darf man eine Stechmücke mit dem Wolf vergleichen?, fragt sich Herr Fröhlich. Wo der Wolf doch wie der von vielen geliebte Hund aussieht und nur ein kräftigeres Gebiss sein eigen nennt.

Die Wissenschaft könnte die Malaria-Mücke ausrotten – für immer. Man tut es noch nicht! Würde man den Wolf wieder nahezu ausrotten oder bei welcher Zahl der durch den Wolf verursachten Tötungen an Menschen?

Seinen Zeitgenossen, die sich jetzt von Herrn Fröhlich am Stammtisch oder anderswo abwenden, ruft er zu:

„Wollen wir die Dinosaurier und den Säbelzahntiger wieder zum Leben erwecken, weil sie hier auf dem Planeten einst gelebt haben? Wie viele Verluste an Menschenleben würden wir abwarten wollen?"

„Denn jedes Leben zählt", ruft er noch hinterher. Aber da sind die anderen schon gegangen. Und haucht „Menschenleben" in den Dunst des Lokals hinein. „Oder wollen wir den Menschen mit dem Wolfe oder der Stechmücke auf eine Stufe stellen?"

Fröhlich vertrinkt es selbst

Herr Fröhlich stand vor einem Plakat am Bahnhof. Er starrte es an. Eine nächtlichen Szene war zu sehen. Der Chauffeur einer modernen Droschke, der bei offener Tür an seinem Auto lehnte, schaute ihn an. Seine in gelben Lettern gedruckten Worte klagten an: „Nur jede dritte Fahrt führt zu einem Trinkgeld".

Herr Fröhlich rief sein Wissen aus der aktuellen Ausgabe des Buches des Wissens ab: Trinkgeld? Das ist doch ein Betrag, den man in einem Restaurant oder bei seinem Friseur, dem Abholer für den Transport des Koffers in die Ferien, oder dem Busfahrer gibt. Nein, dem Busfahrer doch nicht, obwohl man das doch tun könnte, wenn der Bus sauber ist und er, der Busfahrer, eine lebensbejahende und fröhliche Ansage der nächsten Station machen würde.

Es ist so Sitte, ein Trinkgeld, ein Plus, eine Anerkennung obendrauf als Zeichen der Dankbarkeit zu geben für eine gute Behandlung als Kunde, und so zahlt man das Trinkgeld zum geforderten Preis freiwillig doch gern hinzu. Und hier schienen Herrn Fröhlich und das Buch des Wissens gemeinsam richtig zu liegen: Man zahlt es freiwillig, wenn die gebotene Leistung etwas Besonderes ist und besser war als das zu Erwartende, denn das zu Erwartende, etwa der Transport vom Ort A nach Ort B, sollte doch der Preis für die Fahrt sein wie in einem Restaurant der Preis für das Essen.

Herr Fröhlich erinnerte sich dann an diesen einen Fahrer, der einfach vorne sitzenblieb und sagte, er, Herr Fröhlich, möge doch bitte den Kofferraum wieder schließen, nachdem Herr Fröhlich seinen Koffer selbst ausgeladen hatte. Dann war da noch der, der während der Fahrt Gespräche annahm, und auch der, der während der Fahrt andauernd auf einen Bildschirm auf der Konsole starrte, auf dem ein Film flimmerte. Ach, da war ja auch noch der, der morgens schon rockige Musik hörte, ohne auch nur zu fragen, welche Musik wohl Herr Fröhlich als Fahrgast um diese Zeit gern hören würde und ob er überhaupt etwas hören wollte. Einmal musste Herr Fröhlich den Chauffeur leiten, weil er sich nicht auskannte, und dann – das war lustig – beschwerte sich einer, dass sein Geschäft schlecht laufe und die Kunden undankbar seien. Beim Aussteigen und beim Ausladen des Koffers – Herr Fröhlich war in Begleitung eines Geschäftsfreundes, der die Bezahlung übernahm – musste Herr Fröhlich achtgeben, sich und seinen Mantel nicht zu beschmutzen, so dreckig war das Automobil. Ganz zu schweigen von den nach kaltem Rauch riechenden Innenraum. Vielleicht ist das aber sogar noch zu ertragen, dachte sich Herr Fröhlich, denn mit seinen Gedanken ist man bei sich; das geht natürlich nicht mehr bei Fahrern, die unaufgefordert ihre Lebensgeschichte oder von der Welt erzählen.

Nun ja, rief sich Herr Fröhlich den Auslöser seiner Gedanken wieder in den Sinn, ich hatte sicher nur Pech. Alle anderen Chauffeure haben sicher ein Trinkgeld verdient.

F. hält die Welt in Balance

„Warum heben Sie denn diesen Müll auf?", wurde F. von einem Vorübergehenden gefragt. „Ich habe Sie gerade zufällig beobachtet und dieser Müll ist nicht von Ihnen. Ich bin mir da sicher."

„Ach wissen Sie", sagte F., „ich sehe täglich so viel Unrat auf und neben den Gehwegen, Packungen mit Taschentüchern, die versehentlich aus der Tasche geglitten sind, Schnuller, die ein Kind, wohl unbemerkt für Vater oder Mutter, aus dem Kinderwagen heraus hat fallenlassen, oder Verpackungen eines Unachtsamen, die der Wind von irgendwoher hierher zu mir geweht hat. Wenn diese Dinge und ich aufeinandertreffen, dann hebe ich sie auf und trage sie zum nächsten Abfalleimer auf meinem Weg. Sauber sieht doch unsere Umwelt viel schöner aus! Sicher rutschen mir auch manches Mal Dinge versehentlich aus meinen Manteltaschen. Wenn ich merke, dass mir etwas fehlt, beglücke ich mich mit dem Gedanken, dass es ein mir Fremder für mich aufhebt und seinem vorgesehenen Platze zuführt für ein angenehmeres Miteinander.

Der Passant staunte und F. schloss:

„Ich trage nur meinen Teil dazu bei, dass unsere Welt in der Balance bleibt."

F. reagiert auf unlautere Kritik eindeutig

Herr F. stellte sich als Beobachter oft selbst Fragen, denn auch der Beobachtende ist ein Denkender, und Denken, insbesondere das Nachdenken, bringt den denkenden Menschen selbst und die ihn umgebende Menschheit weiter, wenn er seine Gedanken teilt. Um ein Beispiel zu geben:

„Herr F." fragte er sich eines Tages selbst: „Wenn Sie vor Jahren eine Person kennengelernt und sich mit ihr gut verstanden haben und auch heute noch gut verstehen und wenn diese Person nun etwas anderes macht als damals, aber immer noch die gleiche Person ist und für ihre Werte eintritt, wie damals, so auch heute, nur in einem anderen Umfeld, und wenn nun alle Welt anscheinend gegen diese Person ist, obwohl alle diese Person nicht persönlich kennen – nicht ihre Leidenschaften, nicht ihre Werte, nicht ihre Einbettung in die Geschichte und die Gegenwart der Gesellschaft und auch nicht ihre Ziele –, wenn alles das zutrifft, würden Sie, Herr F., sich von dieser von Ihnen einst so geschätzten Person abwenden wie alle anderen Ahnungslosen und Unkundigen? Würden Sie diese Person verdammen, oder würden Sie weiterhin stolz und offen und gegen alle Widerstände mit diesem aufrechten, unbeirrbaren und senkrechten Menschen sprechen, auch wenn Sie damit die Beziehungen zu anderen Menschen aufs Spiel setzen würden, die Ihnen mindestens so nahe stehen, wenn nicht sogar näher als die angesprochene Person?"

Herr F. brauchte keine Sekunde für die Antwort und sagte: „..."

Hetzt die Kinder nicht

„Lassen Sie doch mal den Jungen vorbei!", wetterte die ältere Dame auf dem Fahrrad von der Straße aus. Fröhlich hatte das Klingeln hinter ihm wohl gehört, doch er war gerade auch selbst befasst und unterhielt sich auf dem Gehweg schlendernd sehr konzentriert und wertschätzend mit seinem ihm zur Seite gehenden Freund.

„Wieso?", rief Fröhlich.

„Mein Enkel darf hier noch nicht auf der Straße fahren, dafür ist er noch zu klein."

Fröhlich blieb stehen. Die Frau auch. Und auch ihr Enkel hielt notgedrungen an. Fröhlich blickte auf das Kind:

„Da haben Sie recht. Der Junge ist noch viel zu jung für den gefährlichen Straßenverkehr. Doch wovon leiten Sie ab, dass ich als Fußgänger dann springen muss, wenn es Ihnen gefällt und Sie wohl als die Großmutter des Buben von der Autofahrstraße aus – mit einer für die Fahrbahn durchaus geeigneten Geschwindigkeit – Ihr Enkelkind antreibend über den Gehweg hetzen. Hier haben mein Freund und ich Vorrang. Ihr Enkel möge sich gedulden, bis wir abbiegen, an der Kreuzung der Gehweg breiter wird, oder er kann auch von seinem Fahrrad absteigen und die Geschwindigkeit von uns, den Passanten, annehmen … So wird es für alle leichter", fuhr Fröhlich fort und sagte zu der Frau:

„Manche erwachsene Menschen sind dumm, zweifelsohne gehören Sie in diese Gruppe, und sind dazu ein schlechtes Vorbild."

Die Polizei aus dem gerade vorbeifahrenden Streifenwagen schlichtete schnell, denn gegen Fröhlichs Argumente war schlicht nichts einzuwenden.

„Ich habe die Dame nicht beleidigt, sondern nur einen Aspekt der Straßenverkehrsordnung erklärt, ich befand mich nur auf der sachlichen Ebene. Und ‚dumm' und damit auch ‚dumm zu sein' ist keine Beleidigung, sondern es ist das anerkannte Gegenteil von schlau. Man möge doch im Olymp der Sprache, dem Lexikon der Wörter nachschlagen."

Die Polizisten staunten. Fröhlich ärgerte sich nicht. Die Dame schon. Dann zogen alle von dannen.

Die Tücke des Umkehrgrenzpunktes

Nirgendwo anders, dachte sich F., können in einer Landessprache so viele Gegenstandswörter aneinandergereiht werden wie in der Sprache seines Landes. Da ist ein kurzes Wort aus nur drei Substantiven wie „Umkehrgrenzpunkt" noch harmlos. F. erschien es jedoch, dass selbst schon diese recht kurzen Ungetüme zu Verzweiflung führen können und selbst die im Land geborenen Menschen die Bedeutung eines Wortes im Allgemeinen nicht kennen oder gar dessen tieferen Sinn verstehen wollen.

Vielleicht erklärt dies auch das häufige Ausweichen auf andere Sprachen. Diese klingen an sich schon fremd, so dass sich Krethi und Plethi einfacher herausreden können, wenn sie die Tragweite eines Wortes nicht verstehen: Dieser Begriff sei ja ein fremder, also müsse man ihn auch nicht direkt verstehen und ausdeuten, so die Überlegung von F.

Bei der Temperatur auf dem Planeten war der Sachverhalt klar, so interpretierte es F. für sich. Unkundige nannten den Umkehrgrenzpunkt aus der fremden Sprache nun den Punkt ohne Wiederkehr. So verstanden sie, dass es beim Klima eine nicht mehr rückholbare Umkehr zum Schlechteren geben kann, wenn die Menschen nicht sorgsam mit Natur und Umwelt und der Vielfalt der Arten umgehen.

F. verstand nicht, warum die Menschen nicht darüber sprachen, dass auch in anderen Feldern solche

Umkehrgrenzpunkte oder Punkte ohne Wiederkehr existieren könnten, in der Gesellschaft, im Wesen des Zusammenlebens, in der Gerichtsbarkeit, in der Kultur, in der Freizeitertüchtigung, in der Art des Arbeitens und beim Wertekanon einer Gesellschaft: F. wären sicher noch weitere Beispiele eingefallen, wenn er nicht immer an dieser Stelle angefangen hätte zu grübeln.

Freunden auch mal Nein sagen

Ein Land hat eine Geschichte. Ein Land hat Werte. Mein Land hat Werte, sagte sich Herr Fröhlich. Mit diesen Werten sind wir groß geworden, eine Nation von Rang mit hoher Anerkennung. Doch nun hat es sich gedreht. Man sagt zu allem Ja. An dem Erfolg des Landes von Herrn Fröhlich wollen alle teilhaben: die Menschen in anderen Ländern sehen den Erfolg, und sie wollen ihren Teil davon. Sie haben das eine oder das andere Argument.

Die staatlicherseits und die gesellschaftlich Zuständigen wollen es allen recht tun, und sie versprechen das eine und sie versprechen das andere, doch sie missachten, dass für die vielen Versprechen, die sie abgeben, die Werte im Lande und die Tugenden der Menschen maßgeblich sein sollten.

Doch die Ranghöchsten, die in der Verantwortung für das Land des Herrn Fröhlich sind, haben anderes im Sinn, und sie versprechen weiter. Sie wiederholen die gegebenen Versprechen und geben neue Versprechen und erhöhen die Bürden für die Menschen im Land. Die Ranghöchsten lassen sich vereinnahmen. Sie lassen sich vereinnahmen von anderen Ländern und vor allem von einem Land, das aus der Geschichte heraus über Generationen wohlwollend mit den Ranghöchsten im Lande des Herrn Fröhlich zusammengearbeitet hat. Denn wenn es allen schlecht geht, sind alle froh, dass es voran geht. Dadurch wird so manche Unverträglichkeit oder Unstimmigkeit mit der eigenen Kultur nicht gesehen oder gar beiseitegeschoben.

Warum, fragte sich Herr Fröhlich nun, lassen wir uns auf Dauer so umarmen? Wir waren eine stolze Nation, und wir sollten weiterhin stolz auf unsere Redlichkeit und auf unsere Werte sein. Wir können und wir wollen auch weiterhin einen Beitrag für viele Menschen im Lande leisten und über dieses Land hinaus, doch wir brauchen uns nicht zu unterwerfen. Wir haben einen eigenen Weg, der uns zu dem gemacht hat, was wir sind.

Wieso, endete Herr Fröhlich, lassen wir uns von den Staatsmännern eines anderen Landes dominieren, aus einem fernen Land, in dem die Menschen das Kulturgut eines gemeinsames Abendessens nicht zu kennen scheinen, und wenn sie dann doch einmal zusammen mit anderen beim gemeinsamen Mahl sitzen, noch nicht einmal ‚Guten Appetit' in die anwesende Runde sagen können, sondern nur mit dem linken Ellbogen auf dem Tisch gestützt und der rechten Hand einen Löffel führend, in sich hineinschaufelnd sagen „Schieb's rein"?

Es werden dort Schilder stehen

F. und seine Freunde, wenn sie mal bei Laune waren, zelebrierten bei ihren regelmäßigen Treffen ein Wortspiel, oft mit überraschendem Ausgang. Einer aus der Runde setzte einen solchen Dialog mutig in Gang.

„Wenn das Molekül Kohlendioxid, das wir als Menschen produzieren, unsere Luft und unseren Boden aufheizt, weil die Wärme nicht mehr ins All entweichen kann, dann ist es doch gut, wenn wir vermeiden, es zu produzieren, oder nicht?", startete F. ein Wortspiel.

Alle nickten.

„Das meiste Kohlendioxid-Gas erzeugen wir durch das Verbrennen von Kohle, Gas und Erdöl. Es war Millionen von Jahren gebunden, doch durch das Anzünden setzen wir es nun frei. Es gehört also verboten, um das Leben auf der Erde weiter lebenswert zu belassen", warf F. den nächsten Gedanken in die Runde.

Und wieder nickten alle, und einige brummten ein „Selbstverständlich".

„Bäume sind gewachsen, weil sie Kohlendioxid zum Wachsen brauchen, so wie das Sonnenlicht. Wenn wir also Holz verbrennen, ist das nicht schlimm, denn es entsteht nur so viel Kohlendioxid, wie die Bäume durch ihre Blätter vorher eingeatmet haben. Das schadet der Erde und uns Menschen also nicht, oder doch?"

Sofort nickten und brummten alle ein „Nein, nein, selbstverständlich, das schadet der Erde nicht, Holz zu verbrennen."

„Und doch", so wendete F. die Gedanken der Freunde, „ist es besser, das Holz nicht zu verbrennen. Denn unser Wohlstand besteht aus Produkten. Die stellen die chemischen Fabriken bis heute aus Erdöl oder Erdgas oder Kohle her. Doch das ist nun verboten. Die Produkte können aber auch aus Holz gewonnen werden. So können wir unseren Wohlstand erhalten und unser Leben bleibt hier lebenswert."

„Das wussten wir nicht", sagten alle mit einer Stimme, und fügten gleich hinzu: „Ja, ja, selbstverständlich, so geht es."

„Doch wir brauchen mehr Wälder, um daraus mehr Holz zu machen, um das Holz in Grundstoffe zu wandeln, aus denen dann Produkte werden, die wir für unseren Wohlstand brauchen – beim Bauen, beim Kleiden, beim Gesunderhalten; denn aus Erdöl dürfen wir die Produkte um der Erwärmung willen nicht mehr herstellen."

„Oh, ja, ja selbstverständlich", raunte die Runde der Freunde von F., „wir brauchen mehr Wälder, wir wollen unseren Wohlstand behalten."

„Das ist wohl gut so", sagte F. „denn der Mensch ist auch nur ein Mensch." Und F. fügte hinzu: „Werte Freunde, Sie wissen doch aber auch, dass Bäume und Wälder nicht über Nacht wachsen, und vielleicht hat unser Land auch gar nicht genug Platz für so viele Wälder, wie wir brauchen. Auf jeden Fall muss der Wald geschützt werden, er darf nicht abbrennen, und er darf auch nicht verschmutzen, denn ein Baum ist ein wertvoller Geselle für unseren Wohlstand."

„Ja, ja, selbstverständlich", nickte und brummte die Runde erneut im Gleichklang.

„Deshalb, so sage ich voraus, dass der Tag nicht weit entfernt ist, da werden Schilder an den Eingängen zu den Wäldern stehen, und es werden Wachen um den Wald patrouillieren, die aufpassen, dass das, was auf den Schildern steht, eingehalten wird, und sie werden Gewehre tragen und jeden ansprechen und jedem drohen, der die Schilder ignoriert."

„Was wird denn auf diesen Schildern stehen?", fragte die Runde der Freunde von F. entsetzt und nicht mehr nickend und nicht mehr brummend.

„Wald betreten auf Strafe verboten!"

Das ist der Tragödie erster Teil.

Die Veränderung des Wartens

War früher immer alles besser, fragte sich Herr Fröhlich? Wenn sich Herr Fröhlich dabei ertappen würde, wie er es sagen würde, dass nämlich früher alles besser gewesen sei, dann würde er sehr hart mit sich ins Gericht gehen. Als junger Mensch hatte es ihn immer sehr aufgeregt, wenn die Alten, wie er heute einer ist, so etwas sagten. Deswegen erlaubte sich Herr Fröhlich, es allenfalls dann und wann zu denken und seine Beobachtung und sich selbst zu hinterfragen und so die Antwort offenzuhalten.

Besser war es seiner Ansicht nach früher also nicht, jedenfalls nicht in allen Fällen, so wie es früher die Alten behaupteten. Doch war es früher auf jeden Fall wertschätzender und anerkennender. Und dies würde Herr Fröhlich auch sagen.

Wenn er – vor noch nicht allzu langer Zeit – in einem Lokal in der Schlange stand, um eine Speise mitzunehmen, dann stand er einmal an, und es dauerte so lange, wie es eben dauerte. Natürlich gab es Momente, da wurde es ihm lang, und dann ärgerte sich Herr Fröhlich, doch mit der Zeit arrangierte er sich damit. Die unerwartete Wartezeit nutzte er fortan für sich. Er dachte an den nächsten Tag und an das, was zu erledigen war, oder an ihm liebgewonnene Menschen und was sie wohl gerade machten, und er rief sich Erinnerungen wach und überlegte sich, wen er in den nächsten Tagen wieder einmal sprechen wollte.

So verging die Zeit des Wartens für Herrn Fröhlich schnell, und sie war sinnvoll verbracht. Dann stand am Ende der Wartezeit ein freundlicher Mensch vor ihm, der fragte, was er zu bestellen wünsche. Dieser Mensch widmete Herrn Fröhlich alle Aufmerksamkeit des Augenblicks, hörte geduldig zu, half, wenn Herr Fröhlich noch unentschlossen war, sprach eine Empfehlung aus, folgte nachsichtig den kurzen Abwägungen von Herrn Fröhlich, lächelte ihn an, wenn sich die Stirn von Herrn Fröhlich kräuselte, und bestätigte schließlich noch einmal die Bestellung, nahm das Gewünschte auf, nannte mit einem Blick in die Augen den Betrag, der von Herrn Fröhlich zu zahlen war, und während Herr Fröhlich die Scheine und die Münzen zählte, ging sein Gegenüber durch die Reihen und packte den Einkauf zusammen. Geld und Einkaufstüte wechselten über die Hände, und nicht nur derjenige vor, sondern auch derjenige hinter der Theke war fröhlich.

Heute ist es anders.

Die Menschen vertrauen allem anderen, nur nicht mehr sich selbst. Die Menschen betreten die Lokalität, um Essen zu holen. Dann stellen sie sich an. Wenn sie an der Reihe sind, dann stehen sie vor einen Schirm und wählen aus, sie tippen hier und tippen da, und berühren dann den Haken und meinen damit, dass nun ist alles in Ordnung sei und haben auch – Schwupps! – bezahlt. Dann merken sie sich eine Zahl. Sie stellen sich in die Gruppe der vielen anderen Menschen. Alle starren auf eine Anzeige, die oberhalb der Stelle ist, an der das Essen ausgegeben wird. Und sie warten ein zweites Mal. Und sie unterhalten sich nicht, sondern sie starren und nutzen die Zeit nicht sinnvoll.

Früher warteten die Menschen, die Essen einkauften und verzehrfertig mitnahmen in einer Schlange von Menschen. Dann bekamen sie ihr Essen, und sie wurden zusätzlich mit einem Gespräch und einem Lächeln belohnt. Heute bestellen sie, haben schon Appetit aufgrund der Gerüche, warten dann aber – nicht mehr geduldig, um den nächsten Tag zu organisieren oder an ihre Lieben zu denken –, sondern sie warten ungeduldig in einer Gruppe Unbekannter mit dem Ziel, das Bestellte und schon Bezahlte zu erobern. Es gibt nur einen einzigen Moment mit menschlichem Kontakt, nämlich dann, wenn der Mann hinter der Theke bei aufkeimender Ungeduld aller Anwesenden zum zweiten Mal ruft, weil der Wartende für einen Augenblick unachtsam ist und nicht sofort aus Hunger heraus aufbegehrt, hörbar ruft, deutlich genervt in den Raum mit den anderen Wartenden, fast schreit er:

„121! Fertig! Abholen! 121!"

Lernen aus dem gepflegten Austausch

Herr F. staunte: der antike Gelehrte, Schriftsteller, Staatsmann und Philosoph, der vor zweitausend Jahren lebte, er war nicht nur ein brillanter Redner gewesen, sondern Herr F. las weiter in dem großen, allen zugänglichen Nachschlagewerk, dass er auch einen sehr umfangreichen Schriftverkehr mit anderen Gelehrten und Freunden in seinem Umkreis hatte. Und insbesondere die Briefe an einen Freund, einen römischen Ritter, den Herr F. bisher nicht kannte, beeinflussten auf ganz besondere Weise die Briefkultur dieses Kontinents, in dem auch das Land von Herrn F. liegt.

Das beeindruckte ihn. Herr F. hatte sehr wohl schon von den Briefen des großen Dichters und Naturforschers seines Landes an seinen Freund, einen Arzt, Dichter, Philosoph und Historiker gehört. Auch der Briefwechsel des wohl bisher klügsten Menschen der Welt, eines Physikers und höchsten Preisträgers mit dem Arzt und Begründer der neuen Analyse der Psyche über den Krieg war Herrn F. bekannt, und auch die Briefe des abgründig schreibenden und viel zu früh verstorbenen Weltautors mit der bekannten Journalistin seiner Zeit hatten ihn angeregt.

Herr F. fragte sich, ob zukünftige Generationen einmal auf wertvolle Austausche per elektronischer Korrespondenz zurückblicken werden: Wortwechsel im Allgemeinen, ohne Anrede und ohne Stil, doch mit reichlichen Fetzen des Wortes und des Satzes, ohne Würde, mit vielen Fehlern und ohne Verbesserung.

Doch was soll's. Das meiste wird nach einiger Zeit ohnehin vernichtet. Das passt, dachte sich Herr F., denn Brauchtum und Vergangenheit sind wohl heute schon keine Werte mehr.

Die Menschen beklagen sich über die Maschinisierung. Derweil tun sie alles dafür, sie zu beschleunigen. Sie trotzen dem nicht. Trotzen verlangt Mut, und Trotzen braucht Energie.

Demokratie kennt keine Umwege

„Ich mag Leute, die Trillerpfeifen blasen, nicht", sagte Fröhlich in der Runde, um das Gespräch in eine ihm wichtige Richtung zu lenken. Aus der Situation heraus reagierten alle wie A., der Alleswisser. „Die Schiedsrichter sind Herrgötter in Schwarz, da haben Sie recht, Fröhlich", sagte A., „das letzte Tournament war fatal."

„Das stimmt", werter A., „doch das meine ich nicht", sagte Fröhlich. „Ich bemühte ein Bild, um Ihrer aller Aufmerksamkeit zu erhalten. Ich spreche von Leuten, die, um im Bilde zu bleiben, mit einer Trillerpfeife Laut von sich geben und Hinweise aller Art, ohne ihren Namen zu nennen, um so auf etwas aufmerksam zu machen."

Nun, da Fröhlich die gewünschte Aufmerksamkeit aller in seiner regelmäßigen Runde hatte, fuhr er fort: „Worin liegt der Nutzen für die Person und besonders für die Gesellschaft in Demokratien und Ländern mit einem Rechtsstaat, dies so zu tun und zu regeln? Jeder Mann und jede Frau sollten sich offen beklagen dürfen: Ihr Schutz liegt im Erbgut einer rechtsstaatlichen Ordnung, der doch allgemeinhin anerkanntesten Staatsform, die den Bürgern die freie Äußerung ihrer Meinungen zusichert und die Personen und die Unternehmen schützt, die das Rückgrat der Gesellschaft bilden. Man kämpft mit offenem Visier wie einst die aufrechten Ritter."

A. wendete ein: „Es gibt doch aber sehr viele Missstände auf der Welt über veruntreute Mittel und über Missbrauch unserer Kinder und Beleidigungen jeder Art. Das müsse doch zur Sprache kommen und angeklagt werden." Fröhlich erwiderte:

„Es ist ein schmaler Grat zwischen einem Menschen mit positiver Absicht, der über eine aufdeckungswürdige unmoralische Sache berichtet, und einem mit schlechten Gedanken beladenen Menschen, der aus niederen Beweggründen handelt und andere anzeigt: Wer nicht für andere in Not oder für eine höhere Idee die Trillerpfeife bläst, dem sollte man es nicht leicht machen, im Gegenteil, man sollte ihm das Weitertragen der Informationen schwer machen. Ist das ‚die Trillerpfeife blasen' wirklich der einzige Weg zur Lösung, um beiden Seiten – der ungerechten Sache und ihrem Entdecker – gerecht zu werden, um die wahren Dinge an das Licht zu führen und nicht die falschen?"

Fröhlich war wie schon seine Vorfahren überzeugt: „Der größte Schelm im ganzen Land ist und bleibt der Informant.". Ihn bedrückte es, dass Verräterei wieder salonfähig wurde.

Herr F. hat ein Bedürfnis

Herr F. hatte eines Tages ein menschliches Bedürfnis. Er stand in Gedanken in einer Schlange vor dem Eingang einer Toilette im Bahnhof, durch den Druck auf seiner Blase entrückt. Noch während er in der Schlange nach vorn tröpfelte, eine passende Münze für den Eingang schon in der Hand, kurz vor dem Schlitz zum Einwurf und Öffnen des Drehkreuzes sprach ihn ein Fremder an:

„Entschuldigen Sie mein Herr, aber Sie stehen vor der Damentoilette".

Herr F. erschrak, starrte, seiner träumerischen Gedankenwelt entrissen, den Mann an. Dann sagte er: „Danke."

Das ist viele Jahre her.

Neulich hatte Herr F. wieder einmal ein menschliches Bedürfnis. Er stand in Gedanken in einer Schlange vor dem Eingang einer Toilette im Bahnhof, durch den Druck auf seiner Blase entrückt. Noch während er in der Schlange nach vorn tröpfelte, eine passende Münze für den Eingang schon in der Hand, kurz vor dem Schlitz zum Einwurf und Öffnen des Drehkreuzes sprach ihn ein Fremder an: „Hallo, Sie da. Sind Sie noch klaren Kopfes? Sie stehen dort als Mann und wollen gerade in die Toilette für die Damen gehen. Wo haben Sie Ihre Augen?"

Herr F. erschrak, starrte, seiner träumerischen Gedankenwelt entrissen, den Mann an. Dann fauchte er: „Was fällt Ihnen ein, mich nur wegen meines Aussehens zu maßregeln? Nein, mein Verhalten ist keineswegs ein Malheur, das ist schon ganz richtig. Ich fühle mich heute so anders, und ich habe mich dazu entschlossen, auf eine Toilette zu gehen und nicht am Pissoir zu stehen, um meine menschliche Gelassenheit zurückzuerlangen."

Dann warf er seine zwischen Daumen und Zeigefinger eingekeilte Münze in den dafür vorgesehenen Schlitz und ging durch das Drehkreuz zur Damentoilette.

Erst viele Jahre später klärte sich die Toilettensituation im Lande des Herrn F. auf, denn es gibt jetzt in der Öffentlichkeit nur noch eine Toilette für alle. So wurden zukünftige Missverständnisse vollständig ausgeschlossen. Ob das jedoch ein Fortschritt ist, bezweifelte Herr F. Das Problem war nur, dass für die Alternative vieler verschiedener Toiletten für alle Befindlichkeiten an allen öffentlichen und öffentlich zugänglichen Orten das Land des Herrn F. einfach zu klein war.

Blumen garantieren Unpünktlichkeit

Im Waggon der gerade im Bahnhof eintreffenden Eisenbahn tönte der Direktor des Zuges über den Lautsprecher elektrisch:

„Verehrte Reisende, wir erreichen in wenigen Momenten den Bahnhof der Stadt A. Leider haben wir eine Verspätung von vielen Minuten. Die Züge, die Sie von Stadt A weiterbringen sollten, mussten alle schon weiterfahren. Erkundigen Sie sich bitte am Bahnhof von Stadt A, wie Ihre weiteren Verbindungen nun sein könnten. Es war schön, dass Sie unsere Gäste waren. Wir hoffen, Sie haben keine weiteren Unannehmlichkeiten. Wir wünschen Ihnen, dass Sie weiter einen guten Tag haben und Ihr Ziel noch erreichen."

Die Blumen in der tönenden Sprechblase waren betörend.

Doch manchmal fragte sich Fröhlich, ob es nicht besser wäre, der Direktor im gerade am Bahnhof ankommenden Zug würde einfach unhöflich sagen: „Verdammte, die ihr in diesem Zug sitzt: Sinnbefreite, Irrwitzige und Wahnsinnige. Wir waren schrecklich zu euch. Nein, ein Vergnügen war es nicht. Wir wünschen euch nie wiederzusehen, ihr Wehleidigen. Doch leider sind wir pünktlich. Nach Hause kommen war noch nie so einfach wie heute. Alle weiteren Züge werden erreicht, verdammt noch mal. Das zu sagen, ist mir als Direktor dieser Eisenbahn sehr unangenehm. Euch noch einen guten Tag wünschen? Wozu? Haut ab, serviert euch selbst ab, und geht uns aus dem Licht."

Die Bestürzung über diese Worte wäre groß. Doch sicher nur beim ersten Mal. Die im Zuge Fahrenden würden sich schließlich daran gewöhnen. Alle Reisenden würden nun ihre folgenden Züge erreichen und pünktlich bei einem Kunden, bei Freunden oder der Familie ankommen. Welch ein Glück! Alle hätten die volle Kontrolle über ihr Leben. Wäre das nicht die bessere Wahl? Das Unpünktliche, das sich im Eisenbahnwesen des Landes von Herrn Fröhlich dauerhaft eingeschlichen hat, zerrt doch sehr an den Kräften aller. Die Menschen im Land des Herrn Fröhlich leiden, die Ferienreisenden mit ihren Familien, die Wohlstand für ihre Ziele im Gepäck haben, genauso wie die Tätigen in ihren Berufen auf dem Weg zu ihren Kunden und Auftraggebern, um dort Geld zu verdienen.

Wäre es nicht besser, unhöflich zur Pünktlichkeit verdammt zu sein, als in vollkommener Höflichkeit wertvolle Lebensminuten taschendiebsgleich aus dem Wams gestohlen zu bekommen, fragte sich Fröhlich, der Freizeitphilosoph. Und je mehr er der Verdammnis frönte, desto fröhlicher wurde er.

Die kippende Wippe

Wer wenig besitzt und wenig Eigentum hat, der lebt frei, denkt sich Herr Fröhlich, der Beobachtende. Der Freie setzt sich auch nicht an den Tisch, wenn die Glocke ruft, sondern er isst, wenn er Hunger hat. Es war einmal so, dass der Staat selbstbewusste Bürger wollte, die handeln und etwas auf die Beine stellen, und nicht solche, die abwarten und die faulenzen. Doch diese Zeit schlich sich davon.

Es wurden Apparate auf öffentlichen Plätzen befestigt, denn das Volk musste beobachtet werden. Es ging um die Sicherheit. Jeder Bürger musste kontrollierbar sein. Auf den Ausweis kamen die Abdrücke der Finger. Das war sicherer. Elektronische Scheine und Münzen gab es eines Tages. Den bösen Buben mit ihren nicht gesetzlichen Tauschgeschäften sollte Einhalt geboten werden. Als die neue Krankheit auftrat, da mussten sich die Menschen schützen lassen, denn das war sicherer für alle. Der Bürger selbst konnte das für sich nicht entscheiden, denn er wusste nicht genug. Der Staat sagte, wie die eigene Wohnung zu wärmen wäre, und er sagte auch, wie sich die Bürger fortzubewegen hätten, und schließlich auch, was sie zu essen hätten, denn nur so sei es ganz sicher, dass die Sommer nicht wärmer und die Winter nicht kälter würden.

Menschen, die viele Dinge ihr Eigentum nennen und weiteres besitzen, haben Angst, so der Beobachtende. Wer viel hat, der kann viel verlieren.

Das Leben ist ja so angenehm, wenn die Menschen sich keine Sorgen zu machen brauchen und bei gutem Wetter mit vollem Magen die Freizeit in bester Gesundheit genießen können. Sie denken: Wenn doch mein Land diese Sicherheit bieten kann, dann sei es mir recht, wenn freitags jemand vorbeischaut, um zu sehen, ob ich rauche, ob ich trinke, oder etwas mit der glühenden Holzkohle gare. Wer viel hat und viel zu verlieren hat, der sucht Sicherheit. Er ist ein botmäßiger Zeitgenosse auf der weltweiten Farm mit borstigen Führern.

Der höhere Wert des Fortkommens der Generationen ist aber die Freiheit. Der Beobachtende ist sich da sicher. Es ist nicht die Sicherheit. Die Bedrohung der Freiheit kommt nie mit großem Wumms. Sie kommt schleichend daher. Wer erst frühmorgens beim obersten Staatsmann anruft, um seinen ersten Schritt aus dem sicheren Haus in die unsichere Wirklichkeit zu tun, der ist ein armer Wicht. Zu viele Wichte verderben aber das Morgen.

Wenn ein Kind auf der Wippe des Spielplatzes balanciert, Schritt für Schritt von der einen Seite nach vorn, auf die Mitte zugeht, damit sich alles im Gleichgewicht hält, doch dann eine Spur zu weit nach vorn strebt, dann kippt die Wippe. Das eben noch obere Ende schlägt auf dem Boden auf.

Es gibt immer einen Punkt, an dem es kippt, bei allem, was wir tun. Wenn die Sicherheit die Freiheit besiegt, dann war es ein Wicht zuviel.

Ein Merkmal der Wertschätzung anderer

In der großen Runde in der Nachbarschaft saßen sie im Lokal beisammen. Der Weltuntergang ist nah! Die Schreckensbotschaft hatte die Versammlungen im Lande des Herrn Fröhlich im Kleinen erreicht. Die Runde war sich einig. Nur Herr Fröhlich, der Beobachtende, fiel aus dem Rahmen.

„Doch, Fröhlich, die Belege sind eindeutig. Wenn wir jetzt nicht so handeln, dann fällt das Gefüge zusammen, der Untergang der Welt wäre dann nicht mehr aufzuhalten."

„Vielleicht gibt es noch andere Wege, der Lage zu begegnen", erwiderte Herr Fröhlich.

„Wo denken Sie hin, das Material ist eindeutig, die Studien der großen Weisen vom Fach und den Vereinen, in denen sich die Fachleute organisieren, sind doch nicht zu hinterfragen."

„Ich habe diese Ausführungen noch nicht gelesen, meine Herren", so Fröhlich. „Ich kann doch nicht einfach nur eine Meinung annehmen und ohne eine Zeit des Nachdenkens einfach nur spiegeln, weil Fachleute diese Meinung geäußert haben, selbst wenn diese Personen in höchstem Maße anerkannt sind."

„Doch selbstverständlich, Fröhlich, Sie sind doch sogar sehr vertraut mit der Gesellschaft, in dessen Verein Sie auch Mitglied sind. Ein Zweifel ist doch ausgeschlossen, ganz und gar."

Sie waren zu zehnt an diesem Abend an diesem Tische. Zwei von ihnen begehrten auf gegen Herrn Fröhlich. Die anderen schwiegen, und Fröhlich hatte den Verdacht, dass diese sieben Fröhlichs Meinung waren, oder sich mit seiner Meinung erwärmten. Doch sie schwiegen im Augenblick.

Herr Fröhlich stand auf und sagte streng: „Meine Herren, ich fühle mich von zweien unter Ihnen heute missverstanden und sehr in die Enge getrieben. Die anderen schweigen. Ich lasse Sie alle wissen, dass es in dieser Welt nicht angedacht ist, dass alle Menschen Meinungen von anderen annehmen sollen, ohne diese vorerst zu durchdenken. Und selbst, wenn es einen dann gibt, der in dieser Sache irrt, für eine Sekunde oder auf Dauer, auch dieser eine Irrende, der heute ich bin, ist ein Teil dieser Gemeinschaft und verdient Anerkennung als Mensch und für seine Meinung. Heute gehöre ich aber nicht dazu. Ich wünsche mir, dass dies nur eine Momentaufnahme und in unserer Runde kein Zustand von Dauer sein wird."

Dann verließ er den Raum.

Der Selbstbefund der Gesellschaft

Herr Fröhlich tappte einmal wahrhaftig in einen Fettnapf. Er schilderte schillernd und gab die mit wenigen Strichen gefertigte und flink kolorierte Zeichnung einer Postkarte, die ein Freund ihm schickte, wieder:

„Da liegt der Weihnachtsmann an einem Strand vor Palmen am Meer und sein Haupt ruht in seinen hinter seinem Kopf verschränkten, durch seine Arme gestützten Händen. Er schaut entspannt in den Himmel. Der Elch, der den Schlitten zieht, fragt, neben ihm liegend, seitlich mit seinem Ellenbogen abgestützt, den Weihnachtsmann anschauend, während er ein Getränk im Cocktailglas in der Hand hält, ‚Und wie nennt man das nun?' Worauf der Weihnachtsmann antwortet: ‚Ausgebrannt sein'."

Frau Ulrike war so gar nicht erbaut über diesen Scherz. Das Lachen des Herrn Fröhlich erstarrte. Er lernte nun, dass die Mutter von Frau Ulrike ernsthaft erkrankt war, und sie litt an einem geistigen und körperlichen Ausbrennen mit Verlust des Gedächtnisses, Krämpfen im ganzen Körper und geistiger Abwesenheit und erlebte so einen nutzlosen Alltag. Einen Alltag nach dem anderen. Der Arzt schaute mit Sorge auf sie. Er nahm die Mutter von Frau Ulrike für viele Wochen aus ihrem Trott heraus – zur Erholung. Nun erst begriff Herr Fröhlich, dass es sich bei dem Ausbrennen um eine sehr ernsthafte Krankheit handelte.

Von da an vermied es der stets muntere – und wie diese Geschichte zeigt – manchmal naive Herr Fröhlich, sich auf Kosten anderer mit dieser vormals für ihn lustigen Episode ins Licht eines Scheinwerfers zu rücken.

Doch nun, da Herr Fröhlich, die medizinischen Zusammenhänge verinnerlicht hatte, verstand er nicht mehr, dass es so viele Menschen da draußen gab, die sagten, sie fühlten sich schlapp und lustlos, sie seien ausgebrannt. Man kann schon eine Krankheit bei sich vermuten, nur sollte man dann doch lieber einen Arzt befragen, als sich mit eigener Diagnose und dann mit einem entspannenden und euphorisierenden Mischgetränk am weißen Strand ertappen zu lassen … so muss dann wohl doch die ausgemalte Zeichnung vom weisen und abgeklärten Gespann aus Weihnachtsmann und Elch entstanden sein. Ein Fünkchen Wahrheit steckt in allem.

Die wundersame Wandlung eines Kuchens

Hoc est enim corpus meus, das ist mein Leib. So hat es Herr Fröhlich gelernt, oder sagen wir eher, er hat es aufgeschnappt. Die Messen in der Kirche wurden früher in lateinischer Sprache gelesen. Das verstanden allerdings nur die Gelehrten. Das einfache Volk erkannte darin „Das ist mein Leib" nicht, sondern verstand nur „Hokuspokus", und so wurde mit dieser scheinbaren Zauberformel aus einem einfachen Stück Brot der Leib des Erlösers. Der Mensch braucht Erzählungen. Eine Geschichte kann noch so eigenwillig sein, richtig verpackt löst sie ein „ja, richtig, natürlich" aus, und wer will schon offensichtlich gegen Gesetze verstoßen oder sich gegen die einhellige Meinung der Mehrheit wenden, wie richtig oder falsch sie auch sei.

Herr Fröhlich stellte fest, dass Hokuspokus, die wundersame narrative Wandlung, nicht nur auf großer Bühne in Gesellschaft und Politik, sondern auch im Alltag, stattfindet. Besonders abenteuerlich fand er diese selbst erlebte Geschichte:

Der Vater eines Freundes war verstorben. Seinem Freund war es besonders wichtig, in die Lieblingsgaststätte seines verstorbenen Vaters zu gehen, doch leider gab es dort nicht den Lieblingskuchen seines Vaters vom Café im gleichen Ort zwei Straßen weiter. Doch der Freund durfte den Kuchen selbst mitbringen. Und weil es dem Freund von Herrn Fröhlich wichtig war, zahlte er sogar das

Korkgeld an den Eigentümer der Gaststätte, um den mit den selbst mitgebrachten Speisen einhergehenden Verdienstausfall auszugleichen.

Da nun noch Kuchen übrigblieb – und dies bekam Herr Fröhlich mit, da er selbst den Kuchen liebte und fragte, ob er nicht ein oder zwei oder vielleicht drei Stückchen mitnehmen dürfte – bat der Freund den Wirt, den Kuchen einzupacken, damit er ihn mitnehmen könne. Daraufhin sagte ihm dieser jedoch: „Das Mitnehmen ist nicht gestattet, denn das ist unhygienisch."

Hokuspokus! Eben noch lagen die Stücke auf dem Teller vor der Trauergemeinde und in der nächsten Sekunde – die verbliebenen Kuchenstücke lagen noch immer auf dem gleichen Teller – war es, Hokuspokus, unhygienisch, diese anzufassen, einzupacken, mitzunehmen und sie zu Hause mit einigen Gedanken an den Verblichenen aufzuessen.

Der Freund von Herrn Fröhlich durfte aber schließlich seinen eigenen Kuchen wieder mitnehmen – es sah ja niemand – der Wirt zeigte sich gnädig. Herr Fröhlich wäre ihm sonst wohl auch an die Gurgel gegangen.

Alle beklagen sich im Lande des Herrn Fröhlich und seines Freundes, dass zu viele Lebensmittel weggeworfen werden, doch in unsinnigen Situationen ist es dann auf einmal unhygienisch, sie einzupacken und mitzunehmen. Hokuspokus, dachte sich Herr Fröhlich, wer löst endlich die vielen Widersprüche im Lande auf?

Über die Zuteilung am ersten Tag

Die Menschheit wuchs in eine Zeit hinein, in der Vielfalt über allem stand. Um die Vielfalt zu fördern, wurden Anteile für alle Organisationen eingeführt, damit die Vielfalt auch an jeder Stelle vertreten wäre. Nun war schon bald jedem klar, dass es einer großen Gesamtheit bedurfte, um die Anteile, die gefordert wurden, zu erfüllen. Da die Menschheit in ihrer neuen Vielfalt sich in sehr viele unterschiedliche Gruppen unterteilte, die wertzuschätzen waren, war eine Zahl von einhundert und mehr schon notwendig, um über die Zahl der Prozente die Anwesenheit für die vielen verschiedenen Gruppen zu ermöglichen. Für Gesamtheiten, die die einhundert nicht erreichten, gab es dann viele, sehr viele Ausnahmen und besondere Regelungen.

Die Vielfaltsregelungen und ihre Quoten wurden also nach unten, zu den kleinen Zahlen hin ausgebremst.

Doch Herr F. erkannte, dass es nicht nur nach unten eine Begrenzung gab, sondern auch eine nach oben. Doch diese zu erkennen war viel schwerer, weil sie ganz anders gelagert war. Es waren andere Vorzeichen. Nach unten, in kleinen Einheiten, die die einhundert nicht erreichten, war es eindeutig. Man konnte schließlich einen Menschen nicht zerteilen, wenn vielleicht rein rechnerisch nur ein halber Mensch vonnöten wäre, um einen bestimmten Anteil einer Gruppe zu erfüllen.

Doch nach oben in den großen, sehr großen Einheiten, die deutlich über einhundert hinausgingen, in die Tausende und Abertausende, konnte schon bald das Problem auftreten, dass es für viele der vielen, vielen Gruppen gar nicht genügend Vertreter einer jeden besonderen Gruppe gab, wenn man allen gerecht werden wollte. Sollte man dann vielleicht doch wieder eine Sonderregelung einführen?

Die Mächtigen im Staate könnten doch bei Geburt entscheiden, wer Bauer, wer Arbeiter und wer Soldat werden solle, um die Quoten zu erfüllen?

Herr F. wurde unruhig bei diesem Gedanken.

Der neue dunkle Kanal

Der Dunkle Kanal war zu Zeiten als das Land von F. geteilt war eine in dem einem Bezirk des geteilten Landes gezeigte Sendereihe, in der Beiträge aus dem anderen Teil des geteilten Landes unsachlich angefeindet wurden, böswillig und übelwollend mit niederträchtigen und finsteren Absichten. Ein Hagel einseitiger Kommentare aus dem einem Bezirk auf eine Abfolge von Schnipseln verschiedener Beiträge aus dem anderen. Dort sprach man kriegerisch von einer Orgel mit im Sekundentakt ausgestoßenen Geschossen, die einst im Kriege viel Leid über die Menschen gebracht hatte.

Das ist viele Jahre her. Die Zeit der bipolaren Welt, in der die Waffen zwar ruhten, ist längst vorbei. So ist es erfreulicherweise schon lange, und F. kannte den befremdlichen Dunklen Kanal nur aus seiner Kinder- und Jugendzeit, doch er konnte als Kind die Inhalte nicht deuten, der Tiefgang der Sendungen blieb dem bubenhaften F. verborgen, und nichts davon verblieb in seinem Gedächtnis. In seiner Erinnerung erhalten blieb nur das Muster und die Absicht, ein Thema durch das sprachliche Stakkato einer einzigen Person im Aufnahmeraum zu torpedieren und das Tun einer anderen Gruppe zu dämonisieren.

Verwirrung trat bei F. viele Jahre später ein, während der großen Seuche, als auf einem Kanal des inzwischen nicht mehr geteilten Landes von F. das ihm bekannte Muster reüssierte. Als viele schrien „Die Menschen müssen von Amts wegen immun gemacht werden" waren auf dem Bildschirm in kurzer Abfolge am Stück Schnipsel an Informationen zu sehen und zu hören. Dort sagten manche Menschen, dass sie sich nicht immunisieren lassen wollen. Gründe dafür gab es viele in einem Lande wie dem von F., wo die Souveränität des Volkes und seiner Menschen gilt.

Danach trat jedoch eine Person auf die flimmernde Bühne und vollendete die begonnene in Worten und Bildern dargelegte Anklage des Filmschaffenden und griff mit hohem eigenem Tempo, in schneller Folge und mit stürmischen Worten lauthals die Menschen an, die – wie gerade für alle im Lande des F. gesendet – eine andere Meinung zu eben diesem wichtigen und sehr persönlichen Thema der Immunisierung gesagt hatten. Für F. war es schwer zu ertragen. Verstörende Kindheitserinnerungen wurden wieder wach.

Welche Angelegenheit kann in einer Demokratie mit dem Volk als Souverän so bedeutend sein, dass es den Mächtigen im Staate und den Meinungsmachern ermöglicht wird, einen Teil des eigenen Volkes in solchem Ausmaß öffentlich und für jeden Klugen erkennbar unangenehm frevelhaft, ruchlos und unlauter anzufeinden, das fragte sich F.

Am siebten Tag soll Pause sein

Herr Fröhlich sah am Montag auf ein Plakat in der Tram, dass sich doch bitte jeder so verhalten solle, dass er enge Stellen freihalte, damit es keine Rempeleien und Unfälle gäbe. Am Dienstag las er in der Untergrundbahn zur Arbeit, dass es doch sehr angebracht sei, höflich mit den Kontrolleuren umzugehen. Sie helfen und sorgen für Sicherheit. Am Mittwoch, als Herr Fröhlich abends nach Hause ging, nahm er am Bahnsteig auf, dass jeder Reisende doch seinen Müll bitte in die dafür reichlich vorhandenen Abfalleimer deponieren möge. Donnerstag bemerkte Herr Fröhlich eine Wand in der Innenstadt, auf der wurde dafür geworben, dass von Amts wegen helfende Personen und auch solche, die es freiwillig tun, doch nicht zu schlagen seien, weil sie eben Menschen helfen … und doch – welche Gründe es auch immer sind – sie werden geschlagen. Am Freitag rückte die Tierwelt in den Mittelpunkt: denn ein Hund klagte von einem Plakat an der Litfass-Säule an, dass er doch kein Fakir sei, während vor ihm Glasscherben lagen, und auch ein Vogel zwitscherte noch am gleichen Tag „Ich bin ein Vogel und kein Müllsack", weil überall auf den Straßen und Plätzen Müll herumliegt und dieser Körnern zum Verwechseln ähnlich aussieht. Am Samstag erblickte Herr Fröhlich den Hinweis, dass man den Park, der für alle da ist, doch bitte würdigen und die liebevoll angelegten

Blumenbeete nicht zertreten möge.

Und nun war es schon Sonntag, der siebte Tag. Und er sah auf einem flimmernden Schirm einen Trickfilm. Er machte darauf aufmerksam, wie gefährlich es ist, nicht auf seine Umgebung zu achten und nicht auf den Straßenverkehr, es war schon so viel passiert. Die Menschen starren in der heutigen Zeit sehr häufig auf eine kleine Maschine in ihrer Hand und übersehen auf diese Weise rote Lichter oder sogar die Tram, und der eine oder andere fiel auch schon einmal in das Hafenbecken. Das ist gefährlich, allerdings häufig doch nur für die entrückte Person selbst.

Diese Woche hatte Herrn Fröhlich sehr nachdenklich gestimmt. Ihm waren an jedem Tag Selbstverständlichkeiten begegnet: Man achtet als achtsames Mitglied der Gesellschaft seine Mitmenschen, die Natur und seine Umgebung. Das sind doch Dinge, die einst ein jeder im Elternhaus lernte, in der Schule oder in der weiteren Bildung oder an der Landesgrenze. Früher bedurfte es dieser Hinweise nicht. Dann war früher doch alles besser, dachte sich Herr Fröhlich. Doch wann war früher?

Sicher haben alle diese Maßnahmen viele Mittel gekostet, und Herr Fröhlich konnte den Gedanken nicht unterdrücken, dass diese Mittel mühsam durch harte Arbeit für den Staat erwirtschaftete Steuermittel waren. Diese hätte man auch gut für bessere Straßen, bessere Schulen und eine bessere Gesundheitsversorgung der Bürger ausgeben können. Besonders hatte ihn die sonntägliche Aktion irritiert. Denn unaufmerksame Menschen wurden angesichts des Säbelzahntigers in der Vorzeit durch die Gesetze des Lebens aussortiert und so der Nahrungskette und vor allem der Zukunft entzogen.

Bei der Erschaffung der Welt ruhte Gott am siebten Tag. Herr Fröhlich hätte sich diese gute Sitte auch für diesen Sonntag gewünscht, denn sicher waren unter denen, die am Sonntag geschützt werden sollten, auch viele, die an den ersten sechs Tagen bereits versagt hatten. Gott wusste und kannte schon vieles. Doch sowohl Steuern wie unnütze Ausgaben sind wohl erst nach der Erschaffung der Welt entstanden, und auch die Gattung der tumben Zeitgenossen hatte Gott nicht auf seiner Liste.

Papier schließt alle ein

Es gibt schleichende, kaum wahrnehmbare und in kleinen Schritten ablaufende Veränderungen. Erst über eine lange Zeit bemerkt der Beobachter den Unterschied zwischen vorher und nachher. Doch es gibt auch abrupte Veränderungen.

„Die Benachteiligungen, Erniedrigungen, Ausgrenzungen und Demütigungen bestimmter Gruppen in der Gesellschaft nahmen zuletzt sprunghaft zu", leitete Fröhlich seinen Beitrag ein. „Vorschnell und aus dem Bauch heraus wird angeklagt: Dies oder jenes sei abwertend und grenze die anderen aus, heißt es landauf und landab. Doch ich habe" so führte Fröhlich fort, „beobachtet, dass diese Aufrufe und Vorwürfe – berechtigt oder nicht – doch sehr einseitig daherkommen."

Worauf wolle Fröhlich hinaus? Er machte eine Pause der vollen Aufmerksamkeit halber.

„Ich finde, dass niemand aufgrund seiner Ausbildung, seines Geisteszustandes oder seines Lebensalters ausgeschlossen werden darf. Jeder Mensch hat ein Recht auf gleichberechtigte Teilhabe. Die Vielfalt der individuellen Fähigkeiten und Vorlieben sollte anerkannt werden, und es sollten angemessene Alternativen zur Verfügung stehen, um den Bedürfnissen aller Menschen gerecht zu werden. Das gilt auch besonders bei der Vermittlung von Informationen und bei der Bildung. Denn Bildung ist die Grundlage jeder Volkssouveränität."

Noch immer staunten die Freunde, obgleich einige unter ihnen nun nickten, gerade so, als ob mit den Worten von Fröhlich eine persönliche Erfahrung in ihnen aufkeimte.

„Nun bin ich an dem von mir vorgesehenen Punkt. Man kann das Problem doch sehenden Auges nicht einfach verschlimmern, nur weil man es nicht lösen kann. Papier wurde von gestern auf heute schlecht, weil es der Umwelt schaden soll. Doch auch das Lesen auf der Maschine kostet Mittel und Energie, und dabei kann dieses Land stolz darauf sein, wie geschickt und die Ressourcen schonend aus altem Papier neues gemacht wird. Doch auf einmal gibt es viele Zeitschriften und Zeitungen nicht mehr, auch im öffentlichen Raum. Selbst in der Eisenbahn gibt es keine Zeitungen mehr, sondern nur noch über die Maschine Lesbares. Doch es ist unangebracht, Menschen aufgrund fehlender Fähigkeiten zu belächeln oder auszuschließen. Nicht jeder alte Mensch kann die modernen Mittel der Kommunikation bedienen; es fehlt die Maschine, es fehlt die Fähigkeit, und es fehlt das erkenntnismäßige Verarbeiten von Informationen über neue Techniken."

Nun zeigten sich doch noch einmal Fragezeichen bei den Anwesenden.

„Bringen wir es zum Abschluss, werte Freunde", hob Fröhlich zum Schlussakkord an. „Das Verbannen des Papiers aus unserem Leben ist ein dummer Reflex. Anstatt andere Menschen in unserem

Land auszugrenzen, sollten wir uns bemühen, eine alle Menschen berücksichtigende unterstützende Umgebung zu schaffen, in der jeder die Möglichkeit hat, seine persönlichen Stärken und Fähigkeiten einzusetzen. Der Schlüssel für eine gerechtere und lebenswerte Gesellschaft ist wichtig. Bildung gehört ohne Frage dazu." Fröhlich legte noch eine Pause ein und ließ mit seinem letzten Satz seine Versammlungsfreunde bereichert zurück. „Die Abschaffung des Papiers ist die Ausgrenzung der Alten. Viele nennen es Benachteiligung. Und Benachteiligung und Erniedrigung sind schändlich; und zwar ohne Ausnahme in jeder Weise."

Hirngespinst der modernen Verwandlung

In dem Land, in dem F. lebte, stand alles zum Besten. Das System des Staates war stabil. Umweglos folgte daraus auch die Stabilität der Gesellschaft. Doch dann kamen unruhige Zeiten. Wenn zu viele Änderungen kommen, die nicht verstanden werden, beginnen sich die Menschen unwohl zu fühlen und sie liegen im Streit mit den Entscheidungen ihrer Staatsmänner. So entstanden neue Organisationen mit neuen Staatsmännern. Eine neue Gruppierung trug einen Namen, der anzeigte, dass man es anders machen wollte.

Diese Gruppierung hatte sofort viele Anhänger, und sie zog die Menschen an, die begannen, sich mit dem Wesen der regierenden Staatsmänner und ihrem Tun unwohl zu fühlen. Jeder zehnte Bürger folgte ihr schon. „Das sind alles nur Eiferer!", schimpften die Angestammten. Solche Eiferer kannten sie nicht in ihren Parteien, sie seien wohl über Nacht entstanden.

Darüber dachte F. gründlich nach; doch die gefühlte Merkwürdigkeit zog Furchen in sein Antlitz.

Eine neue Organisation oder Gruppierung im Staatswesen ist gerade so wie eine Geburt, eine Eins keine Null, ein Ja und kein Nein, es ist ein Moment von jetzt auf gleich, ein Geburtstag; etwas gab es bisher nicht, und ist es urplötzlich da. Die Geburt oder das Dasein einer Organisation, die Gründung, ist Wirklichkeit. Doch kann sich der Kanon der Werte so spontan ändern, wie man künstliches Licht an- und ausschaltet? Werden so über Nacht aus Nicht-Eiferern andere Menschen, den Eiferern gleich? F. kamen Zweifel. Unmöglich ist das nicht, doch sehr unwahrscheinlich.

Die Zahl der Menschen im Lande hatte sich über Nacht auch nicht explosionsartig erhöht. Die Eiferer wären – der Erzählung der Angestammten folgend – auf diese Weise, gewissermaßen aus dem Nichts entstanden. Jeder Zehnte von Freunden, Kollegen, Nachbarn, Verwandten und Bekannten, über Nacht ein Eiferer bei gleicher Zahl im Lande? In jeder Arena, in jeder Versammlung, auf jedem Marktplatz und bei jedem Konzert: man hatte es von heute auf morgen mit diesem Quorum an Eiferern zu tun. Inzwischen wurde die neue Gruppierung von jedem siebten im Lande des F. goutiert. Jeder siebte ein Eiferer?

Die Sache ist geklärt, dachte sich F. Er hatte gestern noch in einem Land der Klugen gelebt und heute schon in einem der Dummen. Eine traurige Erkenntnis für das Buch der Rekorde.

Das seit geraumer Zeit feste Gefüge und die Staatsmänner machen weiter wie bisher. Es entstehen mehr Eiferer und noch mehr Eiferer von Monat zu Monat, von Woche zu Woche, von Tag zu Tag. Jeder sechste im Lande des F. zählt inzwischen dazu unter den Augen der regierenden Staatsmänner und der sich transparent gebenden Zeitungsmacher, der täglichen Ansager in den Filmkisten, der Macht habenden Amtsinhaber und der Träger der Würden in den Kirchen und anderswo. Den neuesten Nachrichten zufolge soll inzwischen jeder Vierte im Lande ein Eiferer sein.

F. hat für morgen drei Freunde eingeladen. Einer von diesen muss also ein Eiferer sein. Doch plötzlich kommt ein Verdacht in F. auf: Ist er wohl selbst der eine unter Vieren? Hat er sich selbst über Nacht verwandelt und ist er womöglich selbst ein Eiferer geworden und hat es nicht bemerkt? F. spürt keine Veränderung an sich, er ist noch immer ein Mensch mit Armen und Beinen, mit Kopf und Verstand, und er ist auf jeden Fall kein Ungeziefer.

Silbrige Naivität

Das Land des Herrn Fröhlich war zwar auf den ersten Blick ein ganzes, großes Land, doch auf den zweiten Blick war es aufgeteilt. Der Blick in den Atlas zeigte: das Land war von West nach Ost und von Nord nach Süd von allerlei schwarzen unruhig gezackten Linien durchzogen. Sie teilten das Land in Sektoren. Die Striche waren nicht so dick wie der Strich, der die Grenze des gesamten Landes des Herrn Fröhlich markierte; doch sie waren deutlich. Das Land des Herrn Fröhlich wurde so unterteilt. Nicht allen diesen Sektoren und den noch darunter befindlichen nächstunteren Bezirken ging es gut. Die einen erwirtschafteten viel. Die anderen wenig. Doch die reichen der elf Sektoren – oder waren es doch schon sechzehn an der Zahl? – die Sektoren jedenfalls, die viel erwirtschafteten, gaben den anderen, die wenig erwirtschafteten, etwas von ihrem Reichtum ab; so wurde es einst entschieden.

Ein geschichtlicher Zufall veränderte gleichsam über Nacht, dass ein armes Land ein reiches Land wurde. Dies lag daran, dass eine Fabrik Erfolg hatte: die Leiter der Fabrik hatten ein Produkt erfunden, das unter den Menschen nicht nur großen oder sehr großen, sondern sogar schwungvollen Absatz fand, auch weil die Obrigkeit des Landes des Herrn Fröhlich es so wollte und förderte.

Alle waren überrascht. Doch es gab ein für alle sichtbares Vorzeichen, dass der Erfolg so kommen musste. So dachten es die Führer des einst armen und nun reichen Sektors, und auch die Führer der immer noch armen Sektoren erkannten den märchenhaften Zusammenhang. Die erfolgreiche Fabrik, die den gestern noch armen Sektor vermögend werden ließ, hatte ihre Zentrale an der Straße mit dem Namen *Am Silberberg*.

Die sehr vielen Gefolgsleute der anderen, noch immer armen Sektoren des Landes und ihre untergeordneten Bezirke, Gemeinden und Städte blieben – da die Nachricht wie ein Lauffeuer umherging – nicht lange untätig. Sie fahndeten nach einer Straße. Sie fanden eine Begründung, warum diese Straße einen falschen Namen trug. Und mit vollständiger Mehrheit beschlossen sie, diese Straße nun umzubenennen. Manche Jünger hatten es einfacher: sie gründeten eine neue Straße ins Grüne hinein. So, kam es, dass der Straßenname *Am Silberberg* sich sprunghaft verbreitete. Zuerst waren es nur wenige, dann Hunderte und schließlich gab es landauf und landab viele Tausende Straßen im Lande des Herr Fröhlich, die nun *Am Silberberg* hießen. Die hohen Leute der Sektoren, ihrer Bezirke, ihrer Gemeinden und ihrer Städte hatten so die Grundlage für Fabriken geschaffen, die schon bald Reichtum über alle ausschütten würden; man müsse nur geduldig sein und fest daran glauben. Denn es passiere über Nacht.

Die wundersamen, abenteuerlichen und unerhörten Geschichten und Taten finden ihre Fortsetzung, schilderte Herr Fröhlich, nur mit dem Unterschied, dass die Vorfahren mit großem Eifer Licht in Säcken und Eimern in ihr Rathaus hineintrugen, um den fensterlosen Bau im Inneren zu erhellen.

Herr F. erfindet eine Sprachfigur

In jeder Sprache gibt es Wörter, die durch ihr reines Vorhandensein Aufmerksamkeit auslösen. Sie fallen durch ein Merkmal oder in einem bestimmten Zusammenhang auf; und wenn es viele Wörter gibt, die ähnliches hervorrufen, dann finden bewanderte Sprachforscher einen Oberbegriff.

Das Wort Donaudampfschifffahrtsgesellschaftskapitän fällt auf, weil es sehr lang ist. Solche Schlagworte haben einen Wiedererkennungswert und lenken die Aufmerksamkeit des Publikums in eine bestimmte Richtung. Das Palindrom fällt genauso auf, denn ein solches Wort oder gar Satz liest sich von vorn und hinten gleich; wohl auch ein Grund, warum Anna und Otto nicht nur ihrer Kürze wegen eine so weitreichende Verbreitung erlangt haben. Ganz neue Wörter entstehen auch. Die Griechen nannten sie Neologismen. Mit ‚toll' oder ‚knorke', drückt der Volksmund ‚großartig', ‚fantastisch' und ‚wundervoll' aus. Ganz zu schweigen von der lustigen Lautmalerei, wenn mit Ritzeratze in die Brücke eine Lücke gesägt wird.

Ganz so lustig fühlte sich Herr Fröhlich in seinem Lande nicht mehr. Auch andere Wörter fallen auf. Herr Fröhlich bildet sich gern selbst eine Meinung, wägt ab und freut sich über den aufgeschlossenen gemeinsamen Blick auf eine Sache. Nun hat er selbst einen neuen Begriff entdeckt. Er lautet: *Antidemokratikum.*

Die Herrschaft eines Volkes unterbindet keine Diskussionen, sondern sie entfacht diese. Alles andere löst bei Herrn Fröhlich tiefe Abneigung aus. In einer Volksherrschaft wird immer über verschiedene Ideen gestritten.

Manchmal reicht nur ein Wort aus, um einen neuen Begriff wie das Antidemokratikum zu erfinden, dachte sich Herr Fröhlich.

Sein Fundstück lautet: „Alternativlos".

Samariter oder Pharisäer

Im Lande des Herrn Fröhlich wurden die Menschen zum Arbeiten immer weniger von Mal zu Mal, von Augenblick zu Augenblick – in jeder Minute. Das kam für alle im Lande des Herrn Fröhlich sehr überraschend: für die Staatsmänner, für die Fabrikanten, für die Geistlichen und die vielen anderen, die Wichtiges im Lande des Herrn Fröhlich tun. Alle klagten Jahr um Jahr und Tag um Tag: „Ja, wo sind sie denn, die Menschen, die arbeiten?"

Und weil keinem derjenigen, die Wichtiges im Lande tun, über viele Jahre zur Beendigung des Notstandes eine Lösung einfiel, da waren alle auf einmal sehr begeistert, als eine neue Idee aufkam: „Wir, die Wichtiges im Land tun, wir holen die Menschen einfach von anderswo. Wir holen sie aus anderen Ländern zu uns. Dabei ist es uns besonders wichtig, dass wir nur sehr gut Ausgebildete holen mit Zeugnissen und mit Diplomen, denn wir wollen nur Qualifizierte. So bringen wir schließlich unser Land weiter voran. Und hier bei uns geht es diesen Menschen besser als in ihrem eigenen Land, denn wir stehen in der Welt ganz vorne."

Herr Fröhlich brauchte immer etwas Zeit bis er sich bei einem Thema eine Meinung bilden konnte; denn ohne sich Informationen einzuholen und über etwas Neues eine Weile nachzudenken, äußerte sich Herr Fröhlich nicht.

Dann, nach vielen Wochen, sagte er: „Ich bin damit nicht einverstanden, was unser Land hier tut. Die sehr gut ausgebildeten Menschen aus fernen Ländern abzuwerben und hierher zu holen. In unserem Land werden die Menschen, die arbeiten, immer weniger, Gleichzeitig wollen wir unseren Wohlstand erhalten. Aber wir dürfen das nicht mit Menschen tun, die in ihren eigenen Ländern doch genausogut, benötigt werden. Wir wollen immer Samariter sein, doch kommen wir daher wie die Pharisäer."

Herr Fröhlich geht zum Fluss

Jetzt oder nie, dachte sich Herr Fröhlich. Er packte seine Dinge sorgfältig ein. Diese waren nicht mehr so wertvoll. Es war eindeutig Müll. Leere Flaschen, Pappkartons, Tüten und Säcke jeder Art und Farbe: doch es war auch ein kaputter Ball darunter, Schnüre von ausgedienten Geräten, und dies und das nahm er auch noch mit.

Dann setzte sich Herr Fröhlich nach einem kurzen Weg durch seine Stadt an den Fluss. Es waren schon einige Menschen dort, denn es war ein schöner Frühsommertag. Fröhlich war reichlich bepackt mit seinen vielen ausgedienten Dingen. Herr Fröhlich setzte sich auf einen Stein am Ufer und warf – er wollte spektakulär beginnen – den Plastikball, dem schon seit langem die Luft ausgegangen war, in den vorbeiziehenden Strom. Herr Fröhlich schaute dem roten Punkt, der auf der Wasseroberfläche hüpfte, noch eine Zeitlang nach und fragte sich, wo er wohl landen würde. Dann nahm er den löchrigen Plastiksack und warf ihn auch in den Fluss. Es folgte mit Abstand die alte Baumwolltasche, und dann folgten die Tennisschuhe: Herr Fröhlich wusste gar nicht mehr, wann er die das letzte Mal getragen hatte. Dann kam ein Elektrokabel. Dies wehrte sich ein wenig, aber nach einigen zehn Metern sah es so aus, als ob es vom Strom unter die Oberfläche gezogen werden würde. Der ausgediente Toaster platschte ein wenig.

Ein Geräusch in der Nähe ließ Herrn Fröhlich aufblicken. Er starrte in eine beachtliche Menge an Menschen hinein, die an ihn herangerückt war. Niemand sagte etwas, doch die Blicke töteten. Herr Fröhlich wirkte entschlossen, und er war es auch. Als nächstes schleuderte er den alten Topf ins Wasser, und danach kam die ausgediente Pfanne; es hatte ihn schon länger gestört, dass seine Spiegeleier immer anbrannten. Sicher war die Schutzschicht längst zerstört. Auch der alte Verbandskasten war nun nicht mehr seiner. Im Strudel wird sich die Schatulle doch bestimmt öffnen, dachte sich Herr Fröhlich. Das wird lustig, wenn die Pflaster und Heftstreifen, die Beutel, die klapprige Schere und die Tube mit der Zinksalbe, Sicherheitsnadeln und Klammern, Mullbinden und überhaupt alles sich an den Ufern verfängt, zwischen den Steinen hängenbleibt oder auf den Grund des Flusses sinkt.

„Mann, was machen Sie da?", tönte es direkt über seine Schulter hinweg mit dröhnender Stimme. Die Menschenmenge war weiter angewachsen. Der Schutzmann wiederholte sich, während sein Kollege mit einer Hand unter Fröhlichs Arm und der anderen auf seiner Schulter eindeutig das Signal gab, aufzustehen und innzuhalten.

„Was machen Sie da, Mann?"

Herr Fröhlich, der Beobachtende, sah dem Fragenden mit großer Ruhe in die Augen und erwiderte:

„Ich schaffe Arbeitsplätze."

Dann schnippte er den noch glimmenden Stummel seiner Zigarette in die Flut.

Die zwei Schattenseiten des Berges

Ein Merkmal der Volkherrschaft ist wohl, dass es immer einen bestimmten Anteil des Volkes gibt, der mit dem Denken und Tun der Staatslenker nicht zufrieden ist. Die Zeiten, in denen greifbar nicht nur die Bürger unzufrieden sind, deren gefeierte Staatsmänner nicht in der Regierung sind, sondern auch diejenigen Bürger Unzufriedenheit bekunden, deren gefeierte Staatsmänner in der Regierung sind, stellen etwas Besonderes dar. Sie könnten ein Ansatz der Erklärung sein, dachte sich Fröhlich.

Ein großer Gentilhomme der Staatskunde, ein Mann von über alle Parteien hinweggehenden guten Rufes und hoher Anerkennung mit einem Rang in der Welt sagte einmal: „Man darf ja nicht glauben, dass in einem Parlament ausschließlich die Klugen sitzen. Es ist ein Abbild aller Menschen im Staate."

Wenn das stimmt, so folgerte Herr Fröhlich in Gedanken versunken, was bedeutet dies in sehr unruhigen Zeiten, in denen nichts mehr zu stimmen scheint und die Zahl derer wächst, die die Entscheidungen der Staatsleute nicht mittragen können? Was bedeutet es, dass das Volk diesen Staatsleuten dennoch nicht das Amt entzieht? Was sagt das dann über die Güte des Volkes?

Gratiskörner sind eine Fantasie

Die Neuen, die kamen, hatten einen anderen Bezug zu Fragen der Mystik als die Einheimischen. Doch eine Passage aus der im Lande des Herrn Fröhlich sehr verbreiteten Lehre kannten viele von ihnen sehr gut. Denn dort stand, wie sich Herr Fröhlich erinnerte, etwa dies geschrieben: Die Menschen sollten sich nicht so viele Sorgen machen über den morgigen Tag. Man solle doch nur auf die Vögel schauen, denn sie säten nicht, sie ernteten nicht und sie sammelten auch nichts in den Scheunen. Etwas Höheres werde Sorge tragen und sie ernähren.

Und so kam es. Der oberste Staatsmann trug Sorge, damit die Neuen ein unbekümmertes und angstfreies Leben führen konnten. Sie kümmerten sich daher wenig darum, was der nächste Tag bringen würde, denn sie wurden ja satt, und sie bekamen ein Dach über ihren Kopf sowie Kleider und Dinge, die sie brauchten, um sich die Zeit zu vertreiben, und Dinge, um mit anderen zu sprechen.

So einfach geht es aber nicht, sagte sich der Beobachtende. Auch wenn man das neue Land nicht sofort versteht. Nur die Rosinen aus vielen geschriebenen Worten herauspicken und für sein eigenes Wohl zu deuten, das geht nicht. Man muss schon auch den Zeilen davor und denen danach Beachtung schenken und sich mühen, so die Mitte richtig zu verstehen und zu deuten.

Denn dort stand nicht geschrieben, dass nur der

Staat als höhere Macht für das leibliche Wohl und ein gutes Leben verantwortlich sein soll, da stand auch, dass die Menschen ihr Leben in die eigene Hand nehmen müssten, und sie müssten auch ablassen, nach dem ewigen Mammon zu greifen, denn es gebe höhere Werte und Tugenden, die es in der Gemeinschaft zu beachten gelte; und diese seien mehr wert als nur satt, geschützt und unterhalten zu sein.

Der Beobachtende sah jedoch bei vielen nicht, dass eine Gemeinschaft, das wohlwollende Miteinander, die geistige und körperliche Herausforderung und die Unverletzlichkeit des eigenen Körpers hohe Güter ohne materiellen Wert darstellten.

Es ist nicht einfach zu verstehen, doch jede Lektion bedarf beider Seiten: eines Schülers, der es verstehen möchte und eines Lehrers, der es erklären kann. Denn das Universum weiß: So etwas wie ein kostenloses Mittagessen gibt es nicht.

Die Glücksratte und ihre Verwandten

Alle, wirklich alle waren gekommen: die Grünen, die Gelben, die Roten, und man sah auch die Schwarzen und die Violetten und die Dunkelroten. Die Blauen standen herum. Auch die Grauen waren da: die Mausgrauen, die Aschgrauen, die Staubgrauen und die Betongrauen, alle im grauen Anzug mit einer Zigarre im Mund, es waren die Direktoren der Fabriken, die ihr Geschäft beherrschten.

„Willkommen auf der größten und spektakulärsten Kirmes aller Zeiten! Es ist die, die am meisten in die Zukunft weist. Unterhaltung, Spaß, Aufregung und natürlich Gewinne! Ich lasse Ihre Träume wahr werden! Ich bin der König der Lotterielose, der Magier der Gewinne, der Händler des Glücks – bei unserer, nein bei Ihrer Wunderlos-Lotterie! Leute, haltet eure Hüte fest, ihr seid auf einer Achterbahn des Glücks – gleich geht es los! Langweilige Gewinne? Das kennen wir nicht. Ein Plüschtier oder ein Aschenbecher? Nein, hier geht es um Träume, Leute! Stellt euch vor, ihr gewinnt den Hauptpreis. Und wer hilft euch dabei? Nun? Unsere Glücksratte! Mit jedem Los gibt es automatisch Zugang zu unserer einmaligen Glücksratte. Ja, ihr habt richtig gehört, eine Glücksratte! Sie wird euer persönlicher Glücksbringer sein und euch begleiten. Sie findet Käse überall, überlegt, was sie erst für euch tun kann, wenn es um euer Glück geht. Also, werte Besucher, ganz gleich, ob ihr aus der bunten oder aus der grauen Welt gekommen seid, verpasst nicht die Chance eures Lebens! Kommt! Kauft ein Lotterielos! Und bei einem muss es ja nicht bleiben. Euer Glück steht bei uns ganz oben", lachte der Mann als er sich ins Profil drehte, als ob er mehr wüsste und nur nicht mehr in die Menge starren wollte.

Sie kauften alle, alle, und sie kauften viele Lose, sehr viele; denn auf ihrer Kirmes, da wollten alle Staatsleute und alle Industriellen nur eines, sie wollten Fachkräfte gewinnen.

Fröhlich sah dem bunten Treiben aus der Entfernung zu und sagte zu sich: „Diese Glücksritter! Alle wollen immer nur Fachkräfte gewinnen: Warum bilden sie denn nicht einfach Fachkräfte aus?"

Herr Fröhlich erlebt etwas Seltenes

Die Runde, in der Herr Fröhlich sich regelmäßig trifft, war erregt: „Das ist unglaublich!", mäandrierte es den Tisch auf und ab. Es war so: der Mann fragte auf einmal Herrn Fröhlich, ohne dies auch nur anzukündigen:

„Woher kommen Sie?"

„Ich komme und stamme aus dem Land hier."

„Nein, aus welcher Stadt?"

„Ich komme von hier aus M."

„Nein, nein, Sie sprechen die Sprache von hier nicht. Sie stammen woanders her."

„Nun ja, ich lebe hier in M. Doch stamme ich aus H."

„Das ist recht, das verstehe ich."

Doch Herr Fröhlich erhielt auf seine Frage, warum den anderen Mann dies alles interessiere, zunächst keine Antwort. Das lag wohl daran, dass der Mann der Sprache des Landes hier nicht so mächtig war und weil er einfach seine vielen Fragen loswerden wollte. Doch nun insistierte Herr Fröhlich, der bisher brav und ohne zu murren und ohne zwischendurch Antworten auf seine Rückfragen zu erhalten, darauf, zu erfahren, was der Anlass der Fragen seines Gegenübers war:

„Nun haben Sie mich gefragt, woher ich komme und stamme, und ich habe nur gefragt, warum Sie das wissen wollen, und Sie haben nicht geantwortet, und vor allem habe ich mich nicht empört, doch nun bin ich an der Reihe. Woher kommen Sie?" Und der fragende Mann sagte mit gebrochenem Dialekt:

„Ich stamme aus einem fernen Land. Doch meine Großmutter stammt von hier aus Ihrem Land. Ich spreche die Sprache nur schlecht. Sie kaufen hier regelmäßig ein, ich war nur neugierig zu erfahren, woher Sie stammen."

Genauso hat es sich zugetragen.

Und die Runde um Herrn Fröhlich wiederholte „Das ist unglaublich". Dann zollten sie ihm Respekt und beglückwünschten ihn nochmals. Herrn Fröhlich wurde von einem Fremden eine unglaubliche Frage gestellt, und Fröhlich beantwortete diese und alle folgenden Fragen. Er rief nicht „Was soll Ihre herabsetzende Frage?" Die Runde beneidete ihn doppelt: dieses Erlebnisses wegen und seiner Offenheit und Neugier dem Anderen und Fremden gegenüber.

Der Urgrund des Andersseins

Herr Fröhlich, der Beobachtende, gönnte sich einige Tage der Erholung in einem weit abgelegenen, doch für Erholungsuchende sehr beliebten Bergdorf mit kaum mehr als einhundert Seelen. Nach einer Wanderung am Abend kehrte er in den kleinen ruhigen Gasthof mit nur wenigen Tischen ein. Hier verkehrten die Leute aus dem Dorf und auch ihre Gäste. Am Tisch nebenan saß der Bürgermeister der kleinen Gemeinde mit ein paar Wandergästen und Herr Fröhlich nahm ohne Anstrengung am Gespräch teil.

Eine Wanderin lobte in höchsten Tönen den Eifer, mit dem die Bürger des Dorfes etwas in die Hand nehmen und auf die Beine stellen, um den Hierherkommenden nach ihren langen Wanderungen etwas zu bieten: den Liederabend des heimischen Chores aus Jung und Alt, die regelmäßigen Abende am Kamin mit den launigen Geschichten der Dorfältesten und auch die kurzweiligen und unterhaltsamen Informationen beim Gang durch das Dorf an Handwerk, Handel und Kirche vorbei; man komme mit vielen Bewohnern des Dorfes im steten Wechsel ins Gespräch: mit den Alten, den Jungen, den Hemdsärmeligen und den Hochgebildeten. Sie fügte hinzu:

„Ich komme aus einem Dorfe, nicht größer als Ihres: dort bekommen die Menschen so etwas nicht gemeistert."

In diesem Moment wurde aus dem stillen Beobachter Fröhlich der Laute. Ohne seinen Kopf zu wenden, mit klarer Stimme, in dem kleinen Saal für alle zu hören, sagte er:

„Wenn wir nicht im Kriege sind und durch diese höhere Gewalt alle auf Befehl in nur einem Moment den gleichen Fuß erheben und den gleichen Schritt nach vorn tun, dann braucht es den Mut des Einzelnen, um den ersten Schritt allein zu tun und so aus der Masse herauszustechen, denn nur so ist Fortschritt und Wandel und Einzigartigkeit möglich, um einen Gedanken aus der Welt eines Traumes in die Wirklichkeit zu tragen, zum Wohle aller in einem Dorf und zum Erstaunen der anderen, die dieses Dorf besuchen."

Vollkommene Umkehr ins Nichts

Zu Lebzeiten war Herr Fröhlich Zeitzeuge für einen Vorfall, der schließlich viele Jahre später in die Geschichtsbücher einging und auch Auswirkungen auf die Weltkarte hatte.

In einem bestimmten Jahr wehrte sich ein bestimmter Staatsmann gegen das Gebaren eines Kontrahenten. Er forderte von ihm, dass er mit einer 360-Grad-Wende seine Politik doch umkehren solle. Es geschah nichts. Daraufhin wiederholte der bauernschlaue Staatsmann sein Anliegen. Es geschah wiederum nichts. Und da man dem fordernden Staatsmann sehr freundlich im Hohen Hause und im Bündnis entgegentrat, die Kirchen und die Gesellschaft ihn mochten und die Vertreter der Medien ihn hofierten, da wiederholte der Politiker seinen Appell aufs Neue und donnerte ins Mikrofon, der andere möge sich abkehren von seinem Verhalten und eine 360-Grad-Wende seiner Politik einleiten. Es geschah erneut nichts.

Die Zeit verging, und Herr Fröhlich verließ den Planeten für immer. Doch der Staatsmann blieb noch lange in seinem Amt. Andere Nationen wunderten sich, denn mit dem Land des Staatsmannes ging es stetig bergab, erst Schritt für Schritt, dann etwas schneller und schließlich beschleunigte sich der Zerfall. Die 360-Grad-Wende war zum Mantra geworden; denn auf diese Weise wollte der Staatsmann auch das eigene Land verändern.

Was er einst dem widerborstigen Widersacher empfohlen hatte, das wendete er selbst an, mit größter Mühe, höchstem Elan und feinster Genauigkeit. Nur verfing seine Politik der 360-Grad-Wende nicht: weder in der Wirtschaft noch in der Gesellschaft, nicht bei der Verteidigung, der Ernährung, der Bildung und der Forschung, und auch nicht in der staatsmännischen Kunst im Inneren oder im Äußeren. Die Welt gedieh von Jahr zu Jahr. Nur das Land des Herrn Fröhlich und dieses Staatsmannes nicht. Die 360-Grad-Wende stach nicht.

Herr Fröhlich wandelte nun schon einige Jahre nicht mehr auf Erden. Da erschien ein Atlas mit der neuen Weltkarte: Das Land des Herrn Fröhlich fehlte.

Schnelles Weiß auf rotem Grund

In dem Land des Herrn Fröhlich wurden neue Zeichen für den sicheren Verkehr in den Städten eingeführt. Auf einem dieser neuen Zeichen war ein Gefährt mit zwei Rädern zu sehen, es sah aus wie ein Zweirad – so wie eines, das man schon kennt. Aber das mit wenigen weißen Strichen skizzierte Gefährt sah zwar aus wie ein Zweirad, doch da war noch ein Behälter vorhanden, ein großer, ausladender Kasten zwischen einem hinteren und einem vorderen Rad, und insgesamt war das Gefährt viel länger, als man es für gewöhnlich kannte.

Das neue Zeichen war auf blutrotem Grund; eine Farbe, die die Verordnung im Land von Herrn Fröhlich so noch nicht kannte. Es musste wohl ein warnendes Zeichen neuer Art sein. Unter dem Schild stand „Achtung! Geschoss."

Glücklicherweise wusste Herr Fröhlich, dass er gerade nicht im wahren Leben war, sondern nur in die Röhre starrte, und es war auch nur ein Spottbeitrag über die neuen Transportmittel, die mit persönlicher Kraft, aber auch mit zusätzlicher elektrischer Energie der Sonne und des Windes angetrieben wurden, und so mit hoher – für viele unvermutet hoher – Geschwindigkeit die Fahr- und Fußwege belegten und insbesondere bergab mit der dritten Kraft im Bunde – der Schwerkraft, die noch ein paar Kilometer in der Stunde über das Limit draufpackte – durch die Städte, Fluren und Parks sausten, mit einer durch die Physik der Gefährte vorgegebenen Trägheit aus Größe und Gewicht, die nicht von jeder Person jeden Geschlechtes oder von Menschen mit zu wenig Muskelkraft und zu wenig Geschicklichkeit zu jeder Zeit beherrscht werden konnten.

War das alles schon Realität? Oder hatte der aus Böhmen kommende Mann einfach nur überzeichnet und überdreht mit seiner provokanten Idee eines neuen Schildes, um den Verkehr mit dem neuen Zweirad beruhigen zu helfen?

Wer darüber lachte, setzte sich jedenfalls einem Verdacht aus; denn es geht ja nicht um Menschen allein, sondern um die Temperatur. Und ein solches Gefährt sei da doch die bessere Wahl, anstatt ein motorisiertes Automobil zu fahren. Wer sich jedenfalls über die ungelenken, trägen und schnellen Zweiräder mit großen Fassungsvermögen, gelenkt von Menschen, die dazu keinen Führerschein haben, und die den Regeln des Verkehrs und des gepflegten Miteinanders nicht mächtig sind, lustig machte, der setzte sich dem Vorwurfe aus, er wolle die Gemeinschaft des Miteinanders auflösen. Die einen, die sich in Gefahr fühlten, verlangten ihn eben, den Führerschein für ein ungefährliches Miteinander im Park, und die anderen störten sich bereits an dem Wort „Führer". Der Mann aus Böhmen freute sich, mit seinem Spottbeitrag wieder Zwist in die Gesellschaft getragen zu haben – das rote Verkehrsschild blieb eine Fantasie. Doch die Gefahr blieb real.

Schuld und Macht im Leben

Der Beobachtende wuchs auch in diese Zeit hinein: die Menschen, die ihn umgaben, legten nach und nach sehr viel Wert auf die innere Gelassenheit. Seine Mitbürger wollten ein ruhiges Privatleben genießen, in der Familie, mit ihren besten Freunden, beliebt bei den Verwandten, von den Nachbarn geschätzt; sie wollten ihren Freizeitbeschäftigungen nachgehen, etwa im Garten oder beim Spaziergang mit dem Hund. Ausbalanciert wollten sie dazu eine erfüllende Arbeit, eine angenehme Umgebung, einen wertschätzenden Vorgesetzten, der auch ihre Talente und Ideen jederzeit würdigte, und das bei guter Bezahlung, um das geliebte Haustier, die Ferien mit der Familie und Freunden in fremden Landen und die Freizeitertüchtigung im auserwählten Verein auch zu ermöglichen.

Das war auch die Ansicht von Herrn Fröhlich. Er verknüpfte dieses Verlangen mit dem Begriff Verantwortung. Welche Frau ich heirate, welche Hunderasse meine liebste ist, welche Nachbarn ich zum Fest einlade und vieles mehr; all das ist die Entscheidung jeden Einzelnen. Die jedem gegebenen Talente, das Wissen und die Fähigkeiten, die der Mensch im Lauf seines Lebens erwirbt und die sich entwickeln, die Bestätigung, die er damit erreicht, und das Selbstbewusstsein zu erkennen, wozu er als Person in der Lage ist, das alles liegt in jedermanns Verantwortung.

Ein Nein ist immer eine Option. Man gibt die Freizeitertüchtigung oder ein Hobby auf. Man lässt sich von seinem Partner scheiden. Man verkauft sein Haus mit Garten. Man wechselt die Abteilung. Man bildet sich weiter. Man wechselt die Stadt und auch die Fabrik, bei der man bisher in Lohn und Brot stand.

Die Balance zwischen Leben und Arbeit kann niemand für sich beiseiteschieben und einem anderen aufbürden, weder auf der öffentlichen und noch weniger auf der intimen Seite der Waage. Wer anderen die Verantwortung für sein Leben zuschiebt und damit auch die Schuld, wenn es nicht so läuft wie in seinen Träumen, der gibt anderen Personen, Dingen und Umständen die Macht über das eigene Leben.

Es gibt immer ein Nein, das ich aussprechen kann. Und es gibt immer ein Nein, das ich akzeptieren muss, denn für eine Münze ist nicht alles zu haben, denkt der Beobachtende. Es ist gerade so, als ob man im Niedrigwasser stünde. Das Wasser steigt, und man schaut sich um und ruft nach einem Kahn. Erst wenn das Wasser so hoch steht, dass es über die Brust an das eigene Kinn reicht, stellt man fest, dass man selbst der Kahn ist und davonschwimmen kann. Man kann es niemandem aufbürden, für einen zu tun, was man selbst tun kann, und man kann es auch von niemandem erwarten.

Es lügen immer die anderen

Das erste Opfer des Krieges ist nicht ein Mensch, sondern die Wahrheit. Um das zu erkennen, muss man kein Staatsmann sein und auch kein Philosoph, sagt sich der Beobachtende.

Einst zog ein Kanzler, der Unruhe wollte, gegen den Nachbarn in den Krieg, in dem er eine gefälschte Postille verbreitete; dann warf der andere den ersten Stein. Generationen später wurden bewaffnete Flugzeuge gestartet, um eine Katastrophe unter den Menschen einzudämmen, doch wurde sie durch die Rakete danach erst ausgelöst, und weltweit zog man gegen den einen in den Krieg, weil man bei ihm die Bombe aller Bomben vermutete. Die Unwahrheiten über diese Erzählungen kamen erst später an das Tageslicht.

Jeder Krieg startet mit einer Lüge.

Nun herrscht ein Krieg in der Nähe, und alle wollen mit allen Mitteln den Krieg beenden, am liebsten aus der heimeligen Stube von einem wohligen Sitzmöbel aus bei angenehmer Temperatur. Die Staatsmänner des eigenen Landes sagen, der Feind des angegriffenen Landes müsse zurückgeschlagen werden, denn der Feind sei von Natur aus böse, und er habe angefangen.

Ein Krieg startet mit einer Lüge sagen die Weisen. Warum sollte es heute anders sein? Geschichte wiederholt sich vielleicht doch. Auf welcher Seite wird gelogen? Zuerst gelogen? Vielleicht sogar auf beiden Seiten? Der Mensch hat sich über die Jahrhunderte geändert. Vielleicht. Doch sein kriegerischer Charakter nicht. Von wegen: mit der nächsten Generation wird alles besser werden. Menschen sind auch Jasager und Ehrgeizlinge. Jeder Krieg hat Gewinner und ganz gewiss gibt es auch immer Profiteure abseits des Schlachtfeldes.

Warum um Himmels willen, dachte sich Herr Fröhlich, lügt immer nur die andere Seite?

Feiern und Darben

In dem Land in dem Herr Fröhlich lebt, geht es allen gut. Den Reichen sowieso, und den Vermögenden auch. Das gesamte Bürgertum, die Mittelschicht, hat auch nicht zu klagen. Nur bei den Armen, da schaut man weg. Das will man in dem Land von Herrn Fröhlich so. Gut geht es insbesondere auch den vielen Menschen, die ins Land kommen. Nicht, weil irgendwer diese gerufen hätte, weil man sie in dieser Zahl so unsortiert bräuchte; nein, sondern weil sie mit manchmal guten Gründen, manchmal mit schlechten Gründen und manchmal grundlos die Grenze des Landes des Herrn Fröhlich erreichen. Dort werden sie dann in Empfang genommen. Dabei werden Freundlichkeit und Gastfreundschaft in fremde Sprachen übersetzt und den Ankommenden geschenkt. Besser verstanden werden jedoch die Münzen, mit der die Gastfreundschaft ausgedrückt wird – die Sprache der Münzen ist international, und je mehr Münzen zusammenkommen, umso besser verstehen die Neuen, was Gastfreundschaft ist.

Im Lande des Herrn Fröhlich gibt es die Armen. Bei ihnen schaut man weg. Ein so reiches Land wie das von Herrn Fröhlich hat keine Armen. Und wenn schon. Sie sind selbst schuld, wenn sie in Schieflage gekommen sind. Sie haben halt in der Schule nicht aufgepasst.

Herr Fröhlich denkt: Vielleicht wurden sie aber auch auf der Arbeit ausgebeutet, wurden von dem angetrauten Ehepartner im Stich gelassen oder von Freunden betrogen. Manch Fauler mag darunter sein. Doch immerhin sind auch die Faulen in dem Land des Herrn Fröhlich geboren, haben einen Pass und sprechen die Sprache des Landes. Die Streitsüchtigen und Gewalttätigen unter ihnen werden beäugt, überführt, verhaftet und weggesperrt. Auch ihnen geht es dort dann gut. Doch bei allen anderen schaut man weg, obwohl sie doch irgend etwas in ihrem Leben zum Wohl und zum Gemeinwohl des Landes, in dem Herr Fröhlich lebt, beigetragen haben. Viele aber haben nun kein Dach über dem Kopf, klauben sich ihr Essen zusammen, wobei es verboten ist, es bei Läden hinten im Hof aus den Tonnen zu nehmen, auch wenn dieses Essen noch gut ist. Sie sammeln das eine oder das andere, vor allem auch leere Flaschen mit Pfand, die ihre Wohltäter am Wege abstellen oder in den Müll werfen, aus dem sie dann die Armen mühsam herausfischen.

Alles wird gesehen und geduldet, doch nicht hinterfragt.

Es sind die Alten, die Menschen, die schon immer da waren. Und sie sind selbst schuld, weil es der Wille der Mächtigen im Lande ist. Die alten Armen sind unwichtig. Wichtig sind die neuen, die fremden Armen, die an den Landesgrenzen stehen. Da prasselt der Schotter herunter, es kann nicht genug sein. Bei den alten Armen guckt man halt weg.

Nun fragt sich Herr Fröhlich, warum das so ist, und er fragt sich, wie lange er noch wegschauen wird; denn mit einer gemeinen Sache will er sich nicht länger gemein machen.

Wie Gesetze entstehen

Öffentliche Gesprächsrunden sind nicht jedermanns Ding. Auch nicht für Fröhlich. Ihm fehlt eine wohlausgewogene Gesprächskultur. Aus Neugierde nahm er die Einladung eines Freundes an. Dessen Gattin war erkrankt, und so saß Herr Fröhlich mit seinem Freund in der ersten Reihe eines allabendlichen Forums. Die Meinung von Fröhlich hat sich aufgrund dieses Erlebnisses sehr geändert. Denn über das Dabeisein können mehr und vor allem andere Dinge wahrgenommen werden als nur über das Sehen aus der Entfernung am Bildschirm, und man erfährt Nützliches, etwa wie im Land Gesetze entstehen.

Fröhlich und sein Freund saßen in der ersten Reihe, und direkt vor ihnen standen zwei Personen. Die beiden Staatsleute waren eingeladen, um vor Publikum ein umstrittenes Gesetz zu erklären. Die Zeitungen hatten ausführlich berichtet. Aus allen Strömungen hagelte es Empörung. So kam das Thema ganz oben auf die Agenda der bekannten Gastgeberin.

Wenn ein Bilderstreifen gesendet wird und die Mikrofone abgeschaltet sind, dann darf sich der Gast auch räuspern, Arme und Beine strecken und mit dem Nachbarn kurz tuscheln. Das gilt für alle, auch für die Geladenen, die im Anschluss zu ihren Sitzen gebeten werden und stehend, nahe der Bühne, für diesen Vorgang in Warteposition verharren.

Nun, da noch einmal in aller Genauigkeit die offensichtliche Unsinnigkeit des neuen Gesetzes aus allen Perspektiven seziert worden war, flüsterte der eine zu der neben ihm Stehenden, kaum hörbar, aber für Herrn Fröhlich und seinen Freund eben doch:

„Wer hat denn das Gesetz verabschiedet, wir?"

Aus der Schattierung der Stimme und seiner Gestik war zu entnehmen, dass er mit seinem ‚wir' sich und die in seiner Nähe stehende Frau meinte. Das Bemerkenswerte daran: Beiden lagen in ihren Standpunkten oft so weit auseinander, wie die Punkte einer Raumdiagonalen voneinander entfernt sind. Fröhlich wusste nicht, ob er lachen oder weinen sollte. Er zweifelte und blieb still, denn da die Mikrofone nun wieder angestellt waren, hätte er das eine wie das andere ohnehin nicht tun dürfen.

Der Souverän, das Volk, wird mit dieser oder mit jener Parole alle Jahre wieder zur Wahl an die Urne gelotst, und die Staatsmänner heizen sich in den Debatten und auf den Bühnen ein. Doch dann fehlen sie in der Volksvertretung. Die Abstimmungen werden in Abwesenheit vieler gewählter Volksvertreter vollzogen, die anwesende Mehrheit zählt – und eine Briefwahl für Abwesende gibt es nicht. Und dann sind da noch die Ungenauigkeiten. Wenn ein weniger wichtiges Gesetz zur Abstimmung kommt, dann schätzt der Präsident der Sitzung mit Blick in das Oval die Stimmenzahl auch schon einmal, und noch einen Schritt schneller geht es voran – denn

Zeit ist auch hier Geld – wenn Gesetze zur Abstimmung gebündelt werden: Es kostet Energie, das Gebäude der Volksvertretung aufzusuchen und erst recht die Hand zu heben.

Herr Fröhlich denkt sich fröhlich: Wer entscheidet, was für das Volk ein wichtiges oder ein weniger wichtiges Gesetz ist? Und wer begründet die Gesetzes-Bündel mit welchen Argumenten? Und wer stellt sicher, dass die Gebündelten in ihrer Wirkrichtung gleich gerichtet sind und sich nicht am Ende in ihrer Wirkung widersprechen, oder Konflikte in einer der für Ja stimmenden Parteien hervorruft?

Auch Demokratie ist nur eine Erzählung einer kleinen privilegierten Gruppe des Volkes, die die ihr überantwortete Macht verschleißt. Ein Blick hinter die Kulissen bringt einen wohl weiter als der Blick auf oberflächlichen Plunder, dachte Fröhlich. Sein Inneres Ich stimmte ihm demokratisch zu.

Moderne Siamesische Zwillinge

„In einer Demokratie können Menschen, die in dieser Demokratie leben, auf sehr vielfältige Weise bekunden, dass sie mit gewissen Zuständen nicht einverstanden sind." Die Nachbarn, Bekannten und Freunde des Herrn Fröhlich verdrehten die Augen. Jetzt brach beim Beobachtenden wieder der Belehrende durch, als Herr Fröhlich bei seiner regelmäßigen Zusammenkunft mit anderen aus seinem Viertel fortfuhr: „Ein Protest ist friedlich. Er schädigt weder die Sache und schon gar nicht die Menschen. Mit den friedlichen Formen der Demonstration auf der Straße, mit einer Beschwerde an die zuständige behördliche Stelle, oder mit öffentlichen Reden auf einem öffentlichen Platz gibt es festgefügte und bewährte Formen, um zu bekunden, dass man alles andere ist, nur eben eines nicht, und zwar einverstanden."

Zuerst bewarfen sie Gebäude und Gemälde mit Brei, obwohl man mit Lebensmitteln nicht spielt. Dann klebten sie sich an historischen Gemälden fest, um mit einem Foto in die Journale und auf die Bildschirme zu kommen. Dann warfen sie Farbe auf Kulturgüter. Und sie klebten sich bei Sonnenschein – nie bei Regen – auf die Straßen, um die aufzuhalten, die dort gerade unterwegs waren. Doch sie klebten nie auf Dauer.

Das änderte sich eines Tages.

Ein erfinderischer Rebell, die Zeitungen des nächsten Tages im Blick, zog sich nackt aus, tauchte im Klebstoff ein, am Ort des Geschehens, in den Ferien am Strand, und umarmte dort im nächsten Augenblick den verhassten Staatsmann.

Der sehr große, herkulesgleiche Rebell verschmolz mit seinem sehr viel kleineren Widersacher zu einem Klumpen. Haut auf Haut mit Hilfe einer Chemikalie dazwischen waren sie nun untrennbar verbunden. Der eine groß und stark, der andere noch für den Moment erschrocken und panisch zappelnd. Den Staatsmann verließen, gegen die beharrte Brust des Hünen gedrückt, die Kräfte, und er erstickte in kurzer Zeit. Mögen seine Motive auch edel sein, so hatte Herkules nicht bedacht, dass in einem zivilisierten Land der zivile Ungehorsam den anderen Menschen nicht missachtet, sondern würdigt.

Es gelang den Künstlern des medizinischen Faches, den toten Staatsmann von dem Rebellen, der aus der Narkose munter erwachte, auf das Sorgsamste zu trennen.

„Was ist in meine Mitmenschen gefahren?", fragte sich Fröhlich.

Über zu volle Eisenbahnen

Sicherheit in den Bahnhöfen ist wichtig, in der großen Halle, an den Bahnsteigen und auch in den Zügen.

„Wieso gibt es die Bahnsteigkarte nicht mehr?", fragt sich Herr Fröhlich, ein Billett, das einer Person den Zuritt zum Bahnsteig ermöglicht, die selbst keine Reiseabsicht hat und vielleicht nur den lieben Angehörigen beim Tragen der Koffer zum Zug behilflich ist. Menschen ohne diese Absicht oder ohne die Absicht zu reisen, sollte der Zugang zum Bahnsteig verwehrt werden. Sie machen die Lage nur enger und gefährlicher – und mancher Dieb ist sicher auch darunter, der den hektischen Trubel sehr egoistisch für sich nutzen möchte.

Das dachte sich Herr Fröhlich, als er im Zug saß, der gerade im Bahnhof hielt. Sicherheit ist außerhalb und auch innerhalb des Zuges wichtig. Personen ohne Reiseabsicht haben im Zug erst recht nichts verloren. Gerade bestieg jemand den Waggon, um mit lauten Worten eine Zeitung zu verkaufen. Es hatte auch schon Personen gegeben, die im Zug um Münzen baten. Der Reisende wird abgelenkt, und es entstehen – zum Teil auch absichtsvoll – Gelegenheiten, andere um Wertvolles und ihr Reisegepäck zu erleichtern. Das Innere eines Zuges sollte ein beschützter Raum sein, ein heimeliger Ort, an dem sich jeder Reisende wohl und sicher fühlt, gerade so wie in seinem eigenen Wohnzimmer.

Herr F. hatte vor Tagen nun dieses gehört. In einem Flugzeug wurde der erste Sammler leerer Pfandflaschen gesichtet; er stieg vorne ein, und noch bevor die Türen sich schlossen, war er durch den hinteren Ausgang auch schon wieder verschwunden.

Wer Gesundes streicht wird krank

Manche Worte haben die Zeit überdauert. Doch wo sie herkommen, das wissen vielleicht noch nicht einmal in jedem Fall die Gebildeten, allenfalls die an solchen Ursprüngen Interessierten. Doch auch diese Menschen wissen nicht alles. Herr Fröhlich weiß zum Beispiel, woher es kommt, dass man beschönigend vom Tode spricht, wenn es heißt, dass ‚einer den Löffel abgibt‘, weil der Verstorbene diesen nun nicht mehr brauchte. Dass man sich mehr anstrengen soll, verbirgt sich hinter dem Ausruf ‚Leg mal einen Zahn zu‘ wie man einst den Kochtopf an einem Sägeblatt näher zum Feuer brachte, und wer ganz spontan und ohne Verzug eine Rede hält, der hält sie schon einmal ‚aus dem Stegreif‘ wie der berittene Bote des Königs auf dem Marktplatz schon wieder unterwegs ins nächste Dorf.

Menschen benutzen diese Worte, und sie wissen nicht, woher sie kommen und woher sie stammen, was ihre einstige Bedeutung war. Eine Herausforderung wird es aber, wenn gewisse Worte weder von ihrer Entstehung noch von ihrem Zusammenhang verständlich werden, jedoch von den falschen Personen verwendet wurden.

Herr Fröhlich erinnert sich noch gut an den Empfang. In lockerer Runde, so schien es, tauschte man diese und jene Informationen aus, und Herr Fröhlich argumentierte und schloss: „Das sagt einem ja schon der gesunde Menschenverstand".

Die Situation kippte in diesem Moment. Eine Frau empörte sich augenblicklich:

„Aber Herr Fröhlich, wie können Sie denn diese Worte nur gebrauchen, die ich nicht auszusprechen wage. Das haben doch die bösen Braunen vor vielen Jahrzehnten benutzt."

Da stand er nun der arme Fröhlich und war klüger als zuvor. Er dankte für das angenehme Gespräch und zog von dannen.

Unsere Sprache wäre sicher ärmlich, wenn wir alle Wörter und alle Worte, die falsche Münder je ausgesprochen haben, aus unserem Wortschatz streichen würden, so dachte Herr Fröhlich, und trollte sich.

Herr F. über segensreiche Vierbeiner

Der Hund ist des Menschen liebster Gefährte, eine treue und kuschelige Seele, und ein Exemplar jeder Rasse ist auf seine Art, wenn es Frauchen oder Herrchen sieht, vor allem fröhlich.

Herr F. lebt lieber in Land A, in dem sein Hund mit anderen Hunden tollen kann, auf saftigen Wiesen mit bunten Blumen, Wiesen, die nicht von einem Zaun begrenzt werden, ein Land, in dem Hunde respektiert werden, weil Frauchen und Herrchen mit ihrem Hund eine Harmonie bilden. Der Hund hört auf Herrchen oder Frauchen, und beide bilden eine Einheit im Respekt und im Umgang mit anderen Menschen, ob diese Menschen nun Hunde oder andere Vierbeiner mögen oder nicht.

Herr Fröhlich würde nie in Land B leben wollen, in dem man Hunde quält, denn Hunde sind oft die besseren Menschen. Und Herr Fröhlich möchte auch nicht in einem Land leben, in dem die Hunde nur an der Leine geführt werden und in dem die Hunde nicht mit anderen Hunden frei herumtollen dürfen oder gezwungen werden, dies nur auf staubigem Sandboden umgrenzt von einem Zaun zu tun, und wo Herrchen oder Frauchen weder sich noch ihren Hund im Zaum halten, mit ihrem Hund andere Hunde nicht respektieren und ihre Hunde auch nicht die Ängste anderer Menschen.

„Und wie ist es mit den festen Hinterlassenschaften der Hunde?", wurde Herr Fröhlich gefragt. „Ob Sie nun in Land A oder in Land B wohnen, Ihre heile Welt der Hunde wird doch durch die teils kampflustigen Frauchen und streitbaren Herrchen eingeholt: Ich bin jedenfalls schon landauf und landab in einen Hundehaufen getreten."

„Da haben Sie zweifelsohne recht", bedankte sich Herr Fröhlich für den begründeten Einwand und fuhr fort: „Nicht der Hund ist das Problem. Nur allzuoft ist es nur der Mensch, der sich schlecht verhält. Doch glauben Sie mir bitte auch, dass der Hund als Friedensstifter mehr gewürdigt werden sollte. Ein Tritt in den Hundehaufen ist sehr ärgerlich. Doch so manches Scharmützel und so mancher Krieg wäre erst gar nicht entstanden, wenn es mehr Menschen auf der Welt geben würde, die bei schwerwiegenden Entscheidungen einen kleinen kuscheligen Hund auf ihrem Schoß hätten."

„Oder ein kleines Kätzchen", sagte der andere.

Da widersprach, Herr Fröhlich der Hundefreund, nicht.

Wenn auf Fortschritt gewartet wird

Zwischen Herrn Fröhlich und einem Mann aus einer Fabrik ergab sich folgendes Gespräch.

„Das neue Fachgebiet, das Sie neulich erwähnt haben, ist für uns auch sehr nützlich. Es ist sogar sehr wichtig für den zukünftigen Erfolg", sagte der Mann aus der Fabrik und fuhr fort: „Wir hätten uns gern mit Ihnen darüber schnell einmal ausgetauscht, um zu sehen, wie wir auf diesem neuen Fachgebiet mit den Erfahrungen, die Sie bereits haben, eine Zusammenarbeit für einen gemeinsamen wirtschaftlichen Erfolg starten können."

„Das klingt sehr interessant."

„Doch leider", sagte der Mann aus der Fabrik, „müssen wir das Vorhaben aufschieben. Wir haben extra für dieses für uns sehr neue, aber für eine effiziente Forschung und Produktion so wichtige Fachgebiet eine Expertin eingestellt. Doch kaum hatte sie angefangen, da wurde sie schwanger. Nun ist sie erst einmal mit ihrem Kind zu Hause."

„Ui", reagierte Herr Fröhlich. Das Wort „kaum" des erfahrenen Mannes aus der Fabrik hatte Herrn Fröhlich wohl zu diesem Ton des Erstaunens veranlasst:

„Das ist natürlich nicht sehr vorteilhaft, wenn das Gebiet doch für Sie und die Fabrik, die Sie vertreten, so sehr wichtig ist."

„Ach, wissen Sie", raunzte der Mann aus der Fabrik, „ich habe drei Kinder, darunter zwei Töchter, und es ist gut, dass sich etwas in der Gesellschaft verändert hat, ich würde mir wünschen, dass meine Töchter auch diese Chancen einmal haben werden, und was das neue wichtige Fachgebiet und eine Zusammenarbeit mit Ihnen, Herr Fröhlich, angeht, nun, dann dauert es halt etwas länger, und wir beginnen in einem Jahr nach der Rückkehr der neuen Kollegin. Es wäre schlimm, wenn wir uns das als Gesellschaft in diesem Land nicht leisten könnten."

Herr Fröhlich sagte nichts mehr. Er dachte nur. Und er war ratlos. Vielleicht ist das Unternehmen, in dem der Mann aus der Fabrik arbeitet, nicht vermögend genug. Aber falls doch, wäre es hilfreich, eine zweite Person einzustellen, die gleich von vornherein mit dabei wäre, wenn doch das neue Fachgebiet so wichtig ist wie der erfahrene Mann aus der Fabrik sagte. Vielleicht war aber, beschlich Herrn Fröhlich der Verdacht, das so sehr wichtige neue Fachgebiet für die Fabrik, in der der erfahrene Mann arbeitete, doch gar nicht so sehr wichtig. Dann wäre der Mann aus der Fabrik, den Herr Fröhlich schon viele Jahre kannte und auch schätzte, doch nur ein Wichtigtuer. Doch das täte ihm unrecht.

Was war es also? Herr Fröhlich fand die Lösung nicht, und er würde noch heute darüber grübeln, wenn es nicht wichtiger wäre, sich einträglicherer Gedanken zu widmen.

Ob es die Fabrik, in der der erfahrene Mann, den Herr Fröhlich schon viele Jahre kennt, und ob überhaupt das Land, in dem Herr Fröhlich lebte, ob es das noch gibt. Wer weiß es schon? Doch zum Zeitpunkt des Geschehnisses wusste Herr Fröhlich, dass Wirtschaften auch zur Gesellschaft gehört. Wirtschaften ist Teil eines Gesellschaftssystems. Es gestaltet die Produktion und fördert den Austausch und den Verbrauch von Gütern und Dienstleistungen, und es ist die Grundlage für das Hab und Gut aller und die Lebensqualität der Menschen.

Wenn viele so denken wie der Mann aus der Fabrik, den Herr Fröhlich schon seit vielen Jahren sehr wertschätzt, dann ist das gesellschaftlich gut, doch wirtschaftlich schlecht. So fragte sich Herr Fröhlich: Wo sollen die Frau – und erst recht ihr Kind – einmal arbeiten, wenn das Kind groß geworden ist? Denn diese Fabrik wird es wohl nicht mehr geben. Andere Fabriken, vielleicht in anderen Ländern, werden im neuen Fachgebiet viel eher Erfolge feiern können. Fröhlich ermattete bei diesem Gedanken.

Ein Buch wendete Fröhlichs Leben

Herr Fröhlich war ein bescheidener Mensch. Um ein oder zwei oder drei oder vier oder fünf oder sechs Beispiele zu geben, sei dies erzählt.

Herr Fröhlich fuhr kein Auto, sondern ein Zweirad. Im Urlaub flog er nicht weit weg, sondern nutzte allenfalls die Eisenbahn, um sein Ziel zu erreichen. Er aß nur Gemüse aus der nächsten Umgebung von einem Bauernhof, und Tiere und Tierprodukte aß er schon gar nicht. Er trank auch nur Wasser aus dem Hahn, und berauschende Getränke waren ihm ein Ärgernis. Er stopfte seine Socken und brauchte so seltener neue. Er wohnte seinem Grundbedarf angemessen auf kleinem Raum, in dem es dennoch gemütlich war.

Niemand nahm daran Anstoß. Warum auch? Und niemand nahm Anstoß an den anderen, die ein Auto fuhren, in den Urlaub mit dem Flugzeug flogen, ihr Essen von weit herholten und geschlachtete Tiere aßen und ihre zu Lebzeiten von ihnen produzierten Produkte. Niemand nahm Anstoß, dass diese Menschen rauchten, oder auch alkoholische Getränke tranken, ihre löchrigen Socken wegwarfen und neue kauften, und dass sie in großen Wohnungen mit mehr als einem Zimmer, einem zum Schlafen und einer kleinen Küche und einem kleinen Bad wohnten. Warum auch?

Dann kamen die Verbote. Die Autos mussten raus aus den Städten, denn sie störten. Der Besuch ferner Länder wurde gestoppt, denn der Weg dorthin belastet die Natur. Früchte von anderen Kontinenten wurden gebannt, weil Kinder in südlichen Ländern sie ernten mussten, und Menschen, die Fleisch aßen – von Tieren wohlgemerkt, nicht von Menschen – wurden verachtet und bei Wiederholung eingesperrt, weil auch ein Tier ein Leben ist und schon jemand, der Eier aß, wurde scheel angeschaut, weil in den Augen anderer der Mensch das Tier ausnutzt. Raucher wurden gebannt, und Menschen, die fermentierte Getränke zu sich nahmen, auch. Wer seine Kleidung nicht flickte, war schließlich genauso betroffen, denn Neues kostet neue Mittel und neue Energie, und der Bau einer großen Wohnung für einen Menschen kostet viel mehr als eine kleine Wohnung, und so war auch diese Freiheit bald genommen.

Herr Fröhlich dachte sich: Ich habe Glück gehabt, denn ich habe schon immer so gelebt, wie ich lebe, doch mir tun die anderen Menschen auch leid. Sie müssen in ihrer Freiheit sehr eingeschränkt sein. Sind sie denn wirklich nur rücksichtslos?

Herr Fröhlich dachte: Es ist gerade noch einmal für mich gut gegangen, ich habe wirklich Glück gehabt.

Dann kaufte sich Herr Fröhlich eines Tages ein Buch. Als sich das herumsprach standen plötzlich Menschen in schwarzen Mänteln vor seiner Wohnung. Sie führten ihn ab. Wer ein Buch kauft, der zerstört einen Baum. Bücher waren verboten. Herr

Fröhlich war nun als Käufer eines Buches schließlich auch an der Reihe. Er hatte nicht wirklich etwas Böses getan und auch den anderen, anders lebenden Menschen nichts Böses gewünscht. Im Gefängnis gab es für Herrn Fröhlich fortan auch nichts mehr zu denken, denn auf dem Weg dorthin wurde schließlich der Grundrecht auf Bildung verboten.

Der Tragödie zweiter Teil

Ob Herr Fröhlich jemals vor einem Verbotsschild, dass man den Wald nicht betreten dürfe, gestanden hat, ist nicht überliefert. Das Folgende hat er nach menschlichem Ermessen nicht erfahren.

Die Umstände wurden immer bedrückender. Es wurde heißer, immer höher hinauf. Und dies geschah, obwohl inzwischen niemand mehr Kohle, Erdgas oder Erdöl verbrannte. Die Bäume und die Pflanzen atmeten Kohlendioxid ein, und die Menschen atmeten es aus. Woher das Kohlendioxid der Menschen kam oder wie es verursacht wurde, interessierte niemanden. Die Menschen, die die Entscheidungen im Menschheitsrat trafen, waren nun noch weniger beschlagen als die Menschen, die in der Generation zuvor im Menschheitsrat die Entscheidungen getroffen hatten, und die davor und die davor, und so entschieden sie: „Atmen verboten!"

Jedem Menschen wurde bei Geburt ein Quantum Kohlendioxid, dem Teufel der Erwärmung, zugestanden, ein Quantum, das er in seinem Leben ausatmen dürfe. Die ersten Lebensphasen als Neugeborener, als Kleinkind und als Heranwachsender wurden durchschnittlich eingestuft. Doch mit der Mündigkeit wurden alle vermessen, gewogen und nach ihren Gewohnheiten beurteilt. Wohl denen, die mit wenig Essen auskamen und keine Leibesertüchtigung trieben. Den Fettleibigen ging es ans Leder. Im Lauf der Jahre wurden die

Menschen immer dünner. Die Lebensuhren liefen nun viele Jahre vor einem natürlichen Tod ab, für viele ganz plötzlich. Die Menschheit balancierte sich so, gezwungenermaßen, aus. Die Anzahl der Menschen wurde weniger. Die Erde wurde nicht kälter, nur das Miteinander. Wo die Menschen nach ihrem letzten überwachten Atemzug hinkamen, das wusste niemand. Man raunte sich zu, sie seien ins Karussell gekommen.

Über die Unsicherheit des Ursprungs

Wenn man fragt, wann das Universum seinen Anfang nahm, und was davor war und geschehen und gewesen ist, dann sind fast alle sehr ratlos; und diejenigen, die es nicht sind, geben es nur nicht zu oder verstecken sich hinter grauen Anschauungen.

Kann diese Unsicherheit bei der Fage nach dem Ursprung von etwas nicht auch in andere Lebensbereiche übertragen werden? Was ist der Ursprung eines Gedankens oder der Ursprung einer Tat? Ist das, was wir denken, was wir sagen oder was wir tun, der Anfang von etwas? Oder ist es die Folge von etwas anderem?

Wenn ich diesen Gedanken zulasse, dachte sich Herr Fröhlich, dann sollte ich wohl mindestens einmal innehalten, wenn ich die Schuld in einer Sache bei einem anderen suche. Sei es, dass mich die Person belacht, belügt, betrügt oder bekriegt oder dass sie jemanden Dritten belacht, belügt, betrügt oder bekriegt.

Mag es auch in einem ersten wahrhaftigen – doch nicht gesichert wahren – Moment des Sinneseindrucks unpassend, unangemessen, unschicklich oder ungezogen sein, in der Sekunde nach der Erkenntnis sollte man denken, nicht handeln. Solange nicht nahezu alle Argumente ausgelotet sind, sollte ich den Ersten nicht verurteilen und dem Zweiten nichts versprechen; vielleicht hat doch der Zweite, durch viele feine Nadelstiche die Reaktion des Ersten vorangetrieben. Und vielleicht war ich ja selbst als Dritter doch nicht ein scheinbar nur Unbeteiligter in meinem Denken, Sagen und Handeln, sondern ein Auslöser des Unfassbaren. Einen Gedanken auf eine solche Verwobenheit zu lenken, das schien Herrn Fröhlich allemal ratsam.

Herr Fröhlich liebt Schwarzbrot

In dem sehr großen Krieg, den das Land des Herrn Fröhlich einst führte, bekamen alle Nationen einen Spitznamen. Die einen waren die Yankees, die anderen die Tommys. Es gab noch den Iwan und die Gallier. Alles Gewinner. Die Landsleute von Herrn Fröhlich wurden Krauts genannt. Sauerkraut war unaussprechbar. Doch Brot war kein Schimpfwort.

Viele Jahre später tönte ein Zeitgenosse von Fröhlich, dass nun bald Schluss sei mit dem lustigen Leben als Weißbrot und meinte ihn und andere im Lande. Doch Herr Fröhlich war nicht in der Lage, diese Information zu bedienen. Er aß kein Weißbrot.

Herr Fröhlich bemühte sich noch am gleichen Tag, sein Leben, sein Verhalten und seine Werte auf diesen Satz hin zu reflektieren. Er kam zu keinem Ergebnis. Erst in der Runde seiner Bekannten bei einem Glas kühlem Biers fiel die Münze. Weiß ist das Gegenteil von Schwarz. Herr Fröhlich war ein Mann mit heller Hautfarbe und es gab andere mit dunkler Hautfarbe, und es wurde unschicklich, dies zu unterscheiden oder auch nur zu erwähnen. Doch negative Wörter, die mit dem Buchstaben N anfingen und eine dunkle Hautfarbe bezeichneten, waren bei Herrn Fröhlich und seinen Freunden, Nachbarn, Bekannten und Verwandten schon lange nicht mehr im Gebrauch – seit vielen Jahren nicht.

Und wieso Weißbrot? Im Lande von Herrn Fröhlich ist das grobe Vollkornbrot der Renner: Es heißt Schwarzbrot. Herr Fröhlich liebt es. Das ist doch aber kein Minuspunkt. Im Gegenteil, es wäre in dieser Angelegenheit allemal einen Pluspunkt wert!

Vom Wandern zum Wundern

Alle nickten. Diejenigen, die nicht nickten, waren nicht an diesem Tisch, nicht in dieser Runde und nicht in diesem Lokal. Man kannte sie nicht. Sie nickten nicht, weil ihnen vielleicht drohte, dass sie dann ihren Kopf verlieren würden oder zumindest ihren Verstand.

Alle waren sich einig: Es gibt teure Betätigungen in der Freizeit. Die Leute in der Runde, in der auch Fröhlich saß, unterhielten sich darüber. Man erläuterte, beantwortete Fragen und tauschte sich aus. Man war sich auch einig, dass man seine Freizeit so oder auch so gestalten könne, also einfach so mit der Freude an der Sache oder auch mit der Freude an der Sache, aber verbunden mit ein paar Ausgaben für dies und für das.

Dann begann Fröhlich zu erzählen, dass er von Kindesbeinen an gerne wandert. Sein Großvater hatte in ihm diese Leidenschaft entfacht. Man genießt die Zeit der Muße, unterhält sich dann und wann mit einem Weggefährten, beobachtet die Natur, Flora und Fauna, erfreut sich an den kleinen Dingen des Lebens, einem bunten Stein, einem flirrenden Insekt oder dem blauweißen Himmel und genießt es, auf der Welt zu sein. Das Schuhwerk von Fröhlich war nie etwas Besonderes, seine Hose war eine Hose, und das Hemd erfüllte seinen Zweck, oft war es unfachkundig von ihm selbst gestopft. Fröhlich reichte es sogar, einen herumliegenden

Ast als Wanderstock aufzunehmen, wenn es einmal durch die Berge und in die Wälder ging.

Für Herrn Fröhlich war Wandern das, was es schon immer gewesen ist: eine von jedem Mann, von jeder Frau und jedem Kind ausführbare Beschäftigung in der freien Zeit mit körperlicher Herausforderung dann und wann, doch schließlich auch eine seelische Bereicherung mit dem Vorteil, dass nur geringe Mittel aufzuwenden sind, um es zu tun.

Wieso er sich, weil er gern wandert und die anderen Leute ihn in seiner Heiterkeit und Lebensfreude dabei sehen können, nun als feindlich den Fremden gegenüber beschimpfen lassen muss, das versteht Herr Fröhlich wahrlich nicht. Er meint, Wandern könne jeder an jedem Ort in jeder Landschaft bei jedem Wetter und in jeder Kleidung, auch den Namen Müller könnte man doch durch jeden anderen Namen austauschen und auch die Freude des lustvollen Wanderns in jede andere Sprache übersetzen und dann in jeder Melodie singen.

Herr Fröhlich handelt geradlinig

„Die obersten Staatsleute versäumten es, aus den besonderen Ereignissen und Kalamitäten wichtige Lehren zu ziehen. Anstatt sich selbstkritisch zu reflektieren und die Realität anzuerkennen, verharrten sie in ihrer unflexiblen Denkweise und wiederholten ständig dieselben Sätze. Ihr Hauptaugenmerk lag einzig und allein auf der Erhaltung ihrer Macht, und sie zeigten keinerlei Interesse daran, wie man diesen Einfluß zum Wohl des Volkes nutzen könnte. Für sie bedeutete Macht lediglich, die Sitze der Herrschenden innezuhaben; das war ihre einzige Perspektive. Die wirtschaftliche Existenz des Landes wurde von ihnen niemals ernsthaft überdacht oder gründlich durchleuchtet. Sie unternahmen keine Anstrengungen, die Gründe zu verstehen, warum so viele Menschen das Land verließen. Ebenso vermieden sie es, die Gründe für das Scheitern des gewinnbringenden Wettstreites mit anderen Ländern anzusprechen. Die Bedrohung, die von diesen Umständen ausging, war stets gegenwärtig, doch sie blieb unverstanden. Die Oberen versäumten es, aus den Fehlern und Herausforderungen zu lernen. Sie hielten anstatt dessen an ihrer eingebildeten Bedeutung fest, ohne sich ernsthaft mit Problemen oder gar mit dem Ernstfall auseinanderzusetzen."

In Herrn Fröhlich brodelte es, als er in diesem Moment vor dem Flimmerschirm saß. Die wohlfeilen Worte trafen in die Mitte der Zielscheibe. Wer hätte es besser ausdrücken können ... und dann auch noch so? Doch er sah keine aktuelle Berichterstattung, die ihn angesichts des Hier und Jetzt aufwühlte, sondern eine geschichtliche Rückblende auf einen nicht mehr existierenden Staat, der im Planen zu existieren versuchte und seinen Bürgern alles vorgeschrieben hatte. Herr Fröhlich blickte aus seinem Fenster. Es ist also doch wahr: Geschichte kann sich wiederholen.

Es dauerte von nun an nicht mehr viele Wochen. In dieser Umgebung, in der sich nichts änderte und der Respekt vor der Einwohnerschaft missachtet wurde, entschied sich Herr Fröhlich dazu, sich anzuschließen und sagte „Auf Wiedersehen".

Der Lauf des Lebens

Die Großstadt gleich hinter der Grenze von Herrn Fröhlichs Heimat lag flussabwärts am großen Strom nur wenig mehr als einhundertfünfzig Kilometer von seiner Quelle. Und nun war er im Sommer angereist, um sich mit den Hiesigen bei großer Hitze in die Fluten zu stürzen, um nach zwei Kilometern wieder sicher anzulanden für ein launiges Miteinander bei einem guten Getränk.

Die Strömung ist für einen Nicht-Flüssler wie Herrn Fröhlich nicht unerheblich schnell.

„Wo komme ich denn raus, wenn ich das Ende der Strecke, an dem sich der Bierverkauf befindet, verpasse?", wollte er deshalb der Sicherheit halber von einem Menschen am Ufer wissen.

„Einer under tusig wird scho mol flussabwärts bi Ölliche us em Fluss uusgzooge", sagte der andere.

Herr Fröhlich bedankte sich mit einem „Dann ist es ja gut" und sprang mit seinem wasserdichten Schwimmsack, der alles Nötige – darunter ein paar mit Wurst belegten Broten – enthielt, in die stetig weiter fließende Abkühlung.

„So soll das Leben sein, jeden Tag soll man genießen", waren die letzten Worte, die einige am Ufer verstanden.

ENDE

Inhalt

Wenn F. nicht fröhlich ist 5
Ein Schmetterling verursacht einen Sturm 6
Der Spagatkünstler 7
Herr Fröhlich und das Benehmen 8
Die Heimat ist einzigartig 9
Eine Werbebotschaft im Zeitungswesen 11
Gedanken machen oder es tun 12
Herr F. über die verlorene Langsamkeit 13
Über wahres Theater 15
Zwei Länder 16
Verbotene Zonen 17
Über die Kunst der Entschuldigung 19
Das Lied vom Unterschied 21
Die Bedenken überdenken 23
Pünktlich ist eindeutig 24
Bronze für den Souverän 25
Schwarze Schwäne kommen daher 27
Herr Fröhlich und die Höflichkeit 29
Herr Fröhlich und das Morgen 31
Das schwarze und das goldene Zeitalter 32
Mehr Achtsamkeit mit F.s Methode 33
Außergewöhnliches im Lande des F. 36
Rollendes Essen 37
Wenn im Himmel Jahrmarkt ist 39
Auf Ursache und Wirkung achten 40
Fröhlich ist ein schlechter Mensch 41
Es wird etwas geschehen 43
Sorge und Fürsorge im Zug 46
In der Parabel gefangen 47
Mensch und Wanze 49
Rote Mäntel und weiße Bärte 51
Fröhlich tut heimlich etwas 53
Die Unverhältnismäßigkeit der Anklage 55
Der Edle gibt Münzen 57

Ein närrischer Gezeitenwechsel.......... 59
Die dunkle Seite der Gründlichkeit.......... 61
Im Land der Schlaraffen 63
Es ist verboten, zu verbieten.......... 64
Herr Fröhlich erläutert ein Naturgesetz 65
Herr F. über ungebührliches Hamstern.......... 69
Ein Staatsmann muss reden können.......... 71
Ein kluger Mann verschwindet.......... 73
Als die Arzneikunde erkrankte.......... 76
Was ist gute Staatsgewalt?.......... 79
Herr F. fehlt der Schulterblick.......... 81
Eine Meinung ist ein Sonderling.......... 82
Ein Billett bepreist eine Fahrt.......... 83
Die vierte Strophe könnte fehlen 85
Man kann nicht nur am Tische sitzen.......... 87
Über die Deutung von Zeichen.......... 89
Mittel aus der Steckdose 91
Herr F. klebt an seinem Willen.......... 92
Gute Gefühle für falsche Taten 93
Ein verantwortungsloses System.......... 95
Papierdemokratie ist einzigartig stark.......... 97
Die Überlegenheit von Märchen.......... 99
Die Gleise des Möbius 102
Sollen sie doch wetten 105
Ein Gefängnis ist und bleibt ein Gefängnis 108
Zuletzt platzt die Traurigkeit herein 111
Entmündigung kommt schleichend.......... 114
Verflixte stetige Veränderungen.......... 115
Ämter produzieren nichts.......... 119
Seine Kinder schlägt der Minister nicht.......... 121
Herrn Fröhlichs Blick auf Jüngere.......... 124
Eiweiß für das Land des F........... 125
Gutes Recht und schlechtes Recht 128

Das Wichtigste zuerst aufräumen 129
Herr Fröhlich und der Staatsmann 131
Herr F. teilt eine kluge Beobachtung nicht 133
Klagende und Dankende 135
Über Sinn und Unsinn der Beliebtheit 137
Mücken, Wölfe, Saurier und Tiger 139
Fröhlich vertrinkt es selbst 141
F. hält die Welt in Balance 144
F. reagiert auf unlautere Kritik eindeutig 145
Hetzt die Kinder nicht 147
Die Tücke des Umkehrgrenzpunktes 149
Freunden auch mal Nein sagen 151
Es werden dort Schilder stehen 153
Die Veränderung des Wartens 156
Lernen aus dem gepflegten Austausch 159
Demokratie kennt keine Umwege 161
Herr F. hat ein Bedürfnis 163
Blumen garantieren Unpünktlichkeit 165
Die kippende Wippe 167
Ein Merkmal der Wertschätzung anderer 169
Der Selbstbefund der Gesellschaft 171
Die wundersame Wandlung eines Kuchens 173
Über die Zuteilung am ersten Tag 175
Der neue dunkle Kanal 177
Am siebten Tag soll Pause sein 179
Papier schließt alle ein 182
Hirngespinst der modernen Verwandlung 185
Silbrige Naivität 188
Herr F. erfindet eine Sprachfigur 191
Samariter oder Pharisäer 193
Herr Fröhlich geht zum Fluss 195
Die zwei Schattenseiten des Berges 198
Gratiskörner sind eine Fantasie 199
Die Glücksratte und ihre Verwandten 201
Herr Fröhlich erlebt etwas Seltenes 203
Der Urgrund des Andersseins 205

Vollkommene Umkehr ins Nichts 207
Schnelles Weiß auf rotem Grund 209
Schuld und Macht im Leben 211
Es lügen immer die anderen 213
Feiern und Darben 215
Wie Gesetze entstehen 218
Moderne Siamesische Zwillinge 221
Über zu volle Eisenbahnen 223
Wer Gesundes streicht wird krank 225
Herr F. über segensreiche Vierbeiner 227
Wenn auf Fortschritt gewartet wird 229
Ein Buch wendete Fröhlichs Leben 232
Der Tragödie zweiter Teil 235
Über die Unsicherheit des Ursprungs 237
Herr Fröhlich liebt Schwarzbrot 239
Vom Wandern zum Wundern 241
Herr Fröhlich handelt geradlinig 243
Der Lauf des Lebens 245